あいきり

元高校教諭による四万十川の環境生態学

石山 武一

RIGHTING BOOKS

白雲写す四万十の碧
四万十川の初夏は
新緑一色で
山紫水明である。

はじめに

私の故郷は、四万十川です。

「日本最後の清流」として知られています。

カヌーに、魚釣り、キャンプ……。

現在はアウトドアブームの真っ只中。この豊かな自然をもとめて、毎年、百万人近い観光客が、四万十川を訪れております。


ただ、四万十川には、豊かな自然以外にも、皆さんがご存じない、この地域ならではの伝統や文化があります。

そのすべてが私たちの「誇り」です。

いったん地元を離れたからこそ、この歳になって、その尊さが一層深く感じられるようになりました。


四万十川の知名度が上がったことで、実際に足を運んでくださる方が沢山いてくださることは、大変嬉しく、誇らしい限りです。

四万十川に興味を持ってくださった方々に、もっと四万十川の歴史や文化をお知らせしたい。

そう思い、私の幼い頃からの体験談を中心に、四万十川のこと、その流域の文化を記すために筆を執ることにしました。


この本のタイトルは「あいきり」です。

昆虫の名前、鳥の名前、花の名前!?

いえいえ。

実は四万十川を住処とする魚の名前です。

ご存じでしたでしょうか。

詳しくは本文中で触れますが、「あいきり」はたいへん大人しい性格です。

その反面、春夏秋冬の厳しい四万十の気候のなかで、生き延びる術を知っている賢い魚です。

辛抱強く、いつまでも獲物を得るチャンスを待つ、そんな魚だと思ってみてください。

また、この魚は保護色的なところがありますから、なかなか人の目に触れることはありません。

２０センチメートルを越えるまでに成長しながら、その一生を、ひっそりと、我慢強く終える珍しい魚なのです。

四万十川には、皆さんがご存じないことが沢山あるのではないかと思いますので、なるべく丁寧に記述しました。

僭越ながら、タイトルには、自分もあいきりのような、そんな人生送っていきたいという思いを込めています。

この本を読んで、皆さんが私たちの故郷、四万十川をより一層愛してくださることを心より願っております。

目次

四万十川の魅力

（一）四万十川の成り立ち

四万十川の特長はまず、その長さです。

全長は一九六キロメートルあり全国では十一位に甘んじますが、四国では最長となります。全国でもトップテンに近い長さの川でありながら、魚の遡上を守るために、ダムが全く設置されていません。これにより四万十川の景観が保持されているのです。こうした事情を踏まえても、上流から下流まで汚染されることなく、最後の清流とまで呼ばれるのは、奇跡に近いことかもしれません。

流域の大部分は高知県西部の幡多地域にあり、その源流は高知県高岡郡津野町の「不入山」。その八合目にまで遡ることができます。

不入山は不入山系に属し、標高一三六二メートルあります。遠くからみれば、高くはありませんが意外にピラミダルな山容です。

「不入山」を皆さんはどう読むでしょうか。

誰もが最初は「ふいりやま」とお読みになるかもしれませんね。

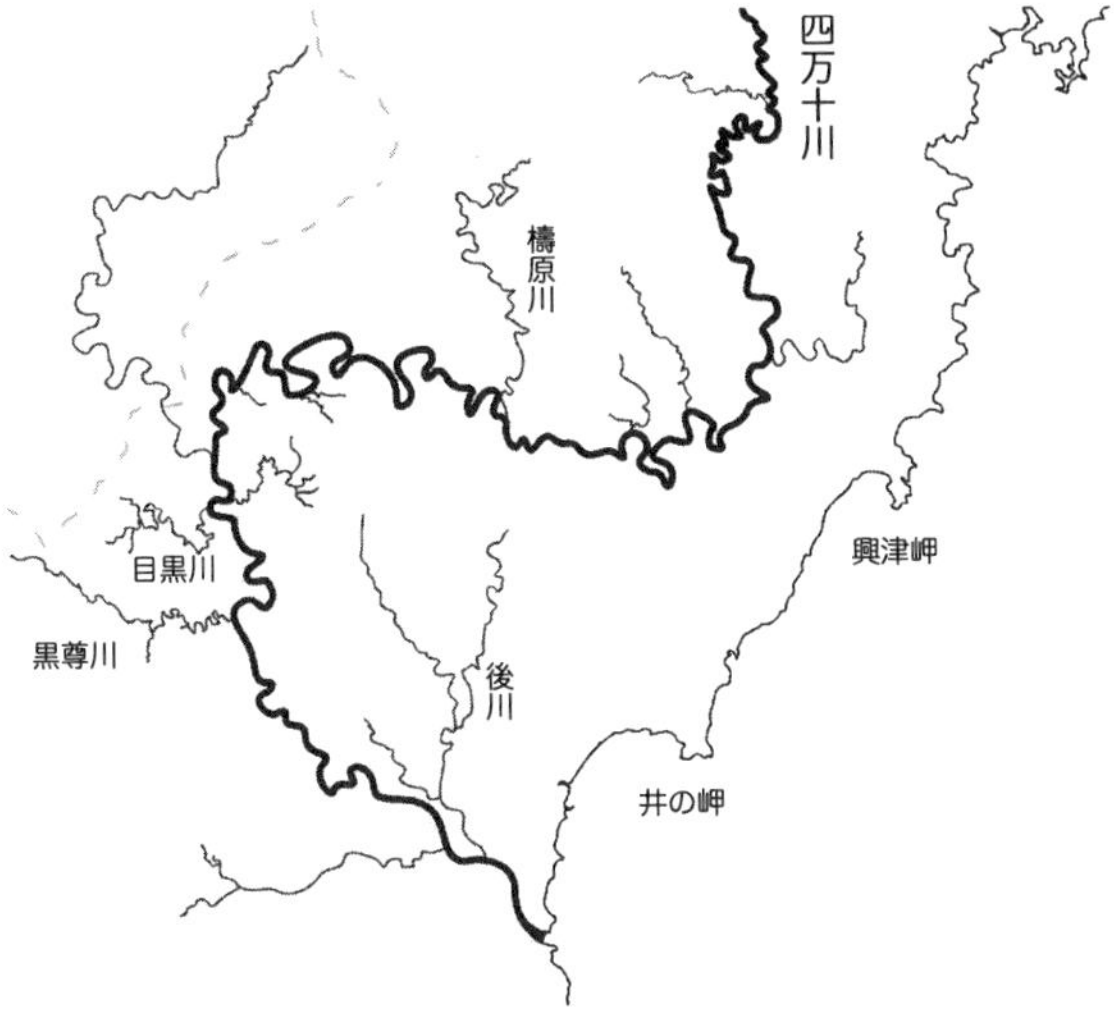

四万十川の流域

しかし、残念ながらそうではありません。「いらずやま」と読みます。

その由来を、ご説明しましょう。

話は江戸時代まで遡ります。

江戸時代には幕府の将軍や大名クラスの娯楽として全国の藩で「鷹狩り」や「猪狩り」が行われていました。

その狩猟場が「御留（おとめ）山」または「御禁止（おとめ）山」です。ちなみに名前の名残は、現在でも東京新宿区にある「おとめ山公園」にみることができます。

もちろん、動植物の保護のため、一般の人々には立ち入り禁止でした。さらに「立ち入ると不幸が起きる」と釘を刺されていたようです。

土佐藩においても、樹木の伐採や人の立ち入りを禁じて、聖域として守ってきたおとめ山があり、やがて不入山と呼ばれるようになりました。

そのお陰でしょうか。

不入山は豊かな自然が残っています。

この山を登るコースは、東側の林道から登山道へ入るのが一般的で、約二時間で三角点が迎えてくれます。

登山客には、梅雨の時期の苔、シャクナゲ、アケボノツツジなどに、深山幽谷の趣を感じることができるでしょう。

土佐弁で「不入山には入らずにはおられんけんね」といって、シーズン中には大型バスも繰り出す賑わいになっているそうです。

さて、本題の四万十川の歴史を辿ってみましょう。歴史を辿ると、最初は「渡川」と呼ばれていたのではないかという説があります。この川の流域では、古くから渡船によって生活の交流が行われていました。そのことから、「渡川」と長く呼ばれていたそうです。

しかし、私自身四万十川の中流で育ちましたが、その頃から、中流では渡川とはいわず四万十川と呼ばれていました。

そこで、歴史に詳しい方に伺ってみると

「渡川は中村の市街地付近より下流部分で、それ以外が四万十川ではないか」ということでした。

この渡川と四万十川の関係ははっきりしておらず、地元の住民が呼ぶ名称も「渡川」と「四万十川」に分かれ、長らく統一されていませんでした。

今では有名な四万十川ですが、元々は全国に数ある川の一つに過ぎず、まったく無名の川でした。

ところが、昭和の終わり頃、その川の存在を一躍有名にさせる出来事がありました。ある年のＮＨＫの特集番組で「日本の清流四万十川」が放送されたのです。その川の美しさと原風景は全国の人々の心を魅了し、全国津々浦々にまで知られるようになりました。

そうして全国的に知名度を上げたことで、地元住民からも後押しされ、平成六年には川全体が渡川水系の「四万十川」と改名されたのです。

では次に「四万十川」という名称そのものの由来には多くの説がありますので、ご紹介しておきましょう。

この名称が書物に初めて登場するのは、江戸時代の軍記物『土佐物語』です。この物語では土佐国の戦国大名、長宗我部元親の生涯を中心に、長宗我部の興起から滅亡に至るまでが描かれています。

その中に『四万十川合戦』という記述を見ることができます。ただ、この「四万十川」には「わたりかわ」というふりがながつけられており、江戸時代にはすでに「四万十川」と「渡川」の二つの名称で呼ばれていたことが分かります。

「四万十川」という名称の由来として唱えられている説は大きく分けると四つあります。

それでは、それぞれの説をご紹介します。

・1説目
「四万十川の支流の数がおおよそ四万十個位あるという説」

四万十川には大小様々な支流が多く存在します。その支流の多さを表しているのではないかという説です。

四万十川の支流は三百以上あると言われています。しかし、さらに小さい支流まで数えると、途方もない数になり支流の数を正確に数えることは不可能に近いでしょう。

・2説目

「四万石(木材の数量を測る単位)の木材を十回流送する程、山も川も豊かであるという説」

昭和以前、木材は山で伐採した木を川に流すという方法で運ばれており、その流送する単位を「〇万〇川」と表現していました。

この川は「四万石の木材を十回流送できる」ほど豊かである、という意味から四万十川と表現され、「しまんと」という呼び名が生まれたのではないかという説です。

・3説目

「上流のシマガヤという植物が群生している四万川川《しまがわかわ》と中流の十川、あるいは下流の渡川を合わせて呼んだ説」

四万川川とは、四万十川の上流に位置する檮原町《ゆすはらちょう》を流れている川のことであり、現在では四万十川の支流の一つとされています。一方、十川は十和村（現高岡郡四万十町）を流れています。この上流から下流までを結ぶことから四万十川と呼ばれるようになったという説です。

この説はもっとも有力な説の一つとして考えられており、一定の支持を得ていると思います。

・4説目
4説目はアイヌ語、語源説です。

この説は大きく分けて二つの説に分かれているため、それぞれの説を詳しくみてみましょう。

その①
「アイヌ語の「シマ」が由来である説」
アイヌ語では、岩石が多い場所を「シマ」と表現します。四万十川の支流には岩石がある場所が多い、すなわち、シマが多いということから、四万十川と呼ばれるようになったのではないかという説です。

その②

「アイヌ語で『美しい』という意味の言葉が変化した説」

アイヌ語では「とても美しい」を「シーマムタ」、「非常に美しい」を「シマムト」と表現します。

どれを取っても、「シマント」とよく似ています。

これらが変化して、四万十川という言葉へと生まれ変わったのではないかといわれています。

四万十川流域に出土する縄文期の遺跡には、この地域には存在しない様々な品物が出土しています。それらのことから、国内の様々な地域との交易、往来は昔から盛んだったのではないかといわれております。そのことから考えても、アイヌ語説の存在を否定することはできません。

これが事実ならば、とてもロマンのある面白い説です。長年議論されていますが、どれも正確に決定できるものがなく、今後も議論は継続され、決着が見えてきそうにありません。

（二）四万十川の魚類

四万十川には汽水域が存在し、水質も良いため、日本の河川の中で最も魚種が多いといわれております。

その中でも私が最も注目しているのが「アカメ」と「あいきり」です。

「アカメ」や「あいきり」をはじめとする、四万十川に生息する生きものたちとその生態をご紹介します。

アカメ

「アカメ」はイトウ、ビワコナマズと共に日本の三大怪魚と呼ばれている魚です。

目の色がギラギラと輝いており、大きさは一メートル以上にも成長します。最大で一・四メートルのものが釣り上げられたこともあるそうです。

日本では宮崎県と高知県に多く生息し、高知県では浦戸湾と四万十川の汽水域に生息しています。

アカメは生き餌でなければ食いつかないため、釣りの際には小魚のハエを餌にします。

四万十川のアカメの太公望にお伺いすると「大きくて、力があるので、手応えは十分過ぎますよ」とのことでした。なかなか釣るのは難しい魚らしく、名人であっても釣れない時は何日もあたりがないそうです。

毎年、アカメの釣り大会も行われています。一方で、水質汚染や護岸工事の影響か、年々アカメの数は減少してしまっています。そのため、流域の住民や漁師の手で保護活動が行われているそうです。

あいきり

「あいきり」は汽水域ではない、淡水域のきれいな水流に住んでおります。「あいきり」という呼び名は幡多地方独特の呼び名であり、正式な名称は「あゆかけ」というそうです。

「あゆかけ」は日本の河川にはたくさん生息しており、北は青森県から、南は島根県の浜田までの日本海に流入する河川や、高知県までの太平洋に流入する河川に生息しています。

また、あいきりは高温に弱い魚です。

適温は十度から二十度に限定されています。また、夏期には河川の中流域で過ごし、産卵期である秋冬季には河口域や沿岸域へと移動します。四万十川にはスズキやウナギ、鮎などの回遊魚が多く生息していますが、その中でもあいきりの移動は一番遅い時期に行われるようです。

寿命はおおよそ三年ほどであり、雌は産卵を終えると寿命が尽きてしまいます。雄は稚魚が孵化《ふか》するまで卵塊を保護します。無事に孵化し、その役目を終えると雄も寿命が尽きてしまうのです。

あいきり

また、全国でも減少傾向にあります。福井県では天然記念物に指定されており、保護増殖が行われています。

昼間に見かけることがあるとはいえ、本来は夜行性の魚です。そのため、保護活動も夜間に懐中電灯を照らしながら調査しているようです。

「あいきり」は各県で呼び名が異なりますから、それをご紹介しておきます。

神奈川県：タキタロウ、フグタ

福井県：アラレガコ、ガコ、カゴ

静岡県：アイカギ、アユカケ、カマハゼ
その他：ドンハチ、カマキリ、マゴリ、カマ、ゴリ

多数の県に分布しており、呼び名も沢山あるものですね。
しかし、どの県も数が減少していて、やがては絶滅危惧種にならないか危惧している魚でもあります。

あいきりの未成魚は主に水生昆虫を食べ、成魚になると小魚や川エビを主食とします。あいきりの顎の両側には鋭いキバ状のえらがあり、そのえらで鮎や小魚を捕まえて食べるのです。

これだけ聞くと獰猛な印象を抱かれるかもしれませんが、実際には大変大人しく、鈍臭い魚です。

あいきりは体長平均二十センチメートル位まで成長します。目視できそうな大きさですが、保護色のような色をしているため、よく見なければ石ころと見間違う恐れがあります。この巧みな石への擬態を〝石化け〟といいます。

見間違えてしまうのは人間だけでなく、鮎や小魚も同様です。

「あいきり」の名前の由来

私は川に潜ってあいきりをたくさん捕獲してきました。

その数、二百匹以上です。

その多くの経験をもってしても、残念ながらあいきりが鮎を捕まえている姿はみたことがありません。しかし四万十川流域で暮らしていた田辺竹治翁という方の経験をもとに綴られた書籍の中では、次のように記録されています。

鮎などは石に生えた苔などを主食としています。そのため、あいきりが石化けしているのに気付かず、あいきりの背中についている苔を食べようとしてしまうのです。そうして近づいてきた獲物をあいきりは逃さず、鋭いえらにひっかけ、離しません。

そのえらで鮎が死ぬまでキリキリと回して食べてしまう様子から「あいきり」という名前がついたのではないか、と記されております。

あいきりは獲物が来るまで、何時までもじっと待ち、石に擬態しています。何時までもじっと我慢して、絶好のチャンスを伺う姿勢は人間に何か共感を与えるものがありますね。

あいきりも鮎もきれいな水の場所を好みます。しかし、鮎は流水の早いところを好み、あいきりは逆にそこが苦手の様なので、なかなか一緒にいるのは見かけられないのです。

あいきりとの思い出

あいきりとの一番思い出深い話を紹介させていただきます。

それは、随分前のことですが、四万十川にあいきりが沢山湧いていた年に体験した、ユーモラスな出来事です。

七、八月の夏休みのことです。一人で四万十川に水中メガネをして潜り、ヤスという道具ですみひき（シマイサキ）という魚を捕っていた時のことでした。

あまりに必死になっていたために、急いだあまり何かを踏んづけてしまいました。

目を凝らすと、あいきりだったのです。

こうした経験は私だけでなく、四万十川沿いに住んでいる人であれば一度は体験していることでしょう。

その時、変な感覚におそわれました。

あいきりが何か私に話しかけてきたような気がしたのです。

『痛い、痛い。ボクは石ころではないのだから、足で背中を踏んづけないでよ。気を付けてよね！』

すぐに石の陰からサッと逃げるあいきりに、思わず私も言い返しました。

「ゴメン、ゴメン、つい急いでいたのでね」

するとあいきりは
『今度はよく見て通ってよね。ぼくの背中がキズだらけになるよ』

「石化けしているから気付かなくてね」

『こっちは生きるために必死なんだからね』

「次から用心するから、今回は勘弁してな」

そう言って、あいきりはどこかへと去って行き、私も本来のすみひき探しを再開しました。今から思えば、なんとも奇妙な体験です。

鮎

続いて、四万十川での鮎の一生をお教えします。

皆様の中には四万十川では鮎が一年中捕獲できると思っておられる方がいるかも知れませんが、実はそうではありません。

まず、五月から六月頃に四万十川の上流に向けて幼鮎が川を遡上しはじめ、七月頃から九月頃までは、若鮎と呼ばれます。

人間でいえば二十代から三十代に匹敵する、一番元気な時期といえるでしょう。ピチピチしていて生きがよく、脂が乗っています。この時期が鮎を一番美味しく味わえます。

現在の鮎漁の解禁期間は六月一日から十月十五日までのようですので、この時期の鮎をいただく機会は多いのではないでしょうか。

九月中旬から十月頃になると、メスは産卵期を迎え、体色も少し黒い婚姻色へと変色します。つまり鮎漁の解禁時期が十月中頃までなのは、鮎の産卵を保護するためでもあります。

ただ、解禁時期にお腹に卵を抱えた鮎をいただくと、卵をたくさん抱えているからこその美味しさを味わうことも付け加えておきます。

この産卵にそなえた鮎のことを「落ち鮎」といいます。落ち鮎漁の解禁時期には、四万十川では、落ち鮎を求める釣り人や網を入れて捕獲する人で満杯になっていたものです。多い時には一つの場所で、何十人もの人が出ていました。

落ち鮎漁が許されていた今から三十年ほど前は、本当に沢山の鮎が溢れていました。

当時は、日中の鮎漁だけでなく、夜に川へ入っても容易に捕まえることができたのです。

その頃は石の下にもたくさん鮎が住んでおり、それを素手で掴むこともできました。


本来、鮎は流れの速い所を好みますが、産卵を控えたこの時期になると流れの緩やかな場所を求めて下流へと移動し始めます。

そして流れの落ち着いた場所を選び、小石混じりの砂地に産卵するのです。

一匹のメスの産卵に対して複数のオスが射精し、産み付けられた卵は二週間ほどで孵化します。

産卵後、落ち鮎はやがてその一生を終えます。まれに越冬する鮎がいるそうですが、ほとんどの鮎は一年でその生涯を閉じるのです。

孵化した稚鮎は、十一月末から翌年の二月頃までは川や湖で越冬するものもいますが、大半は少しでも水温の温かいところを求めて海や河口域に下ります。そこで越冬し、春に遡上するのです。

ところで、すべての動物には「縄張り」がありますが、鮎の「縄張り」は相当強固なものです。それを利用した漁法が「友釣り」です。

まず一匹の元気な鮎を用意します。その元気な鮎に何個かの釣り針を付け、その鮎を別の鮎がたくさんいる場所に泳がせます。

すると近くにいた鮎が、自分の縄張りを取られたと思い込み、針のついた鮎に攻撃。攻撃した鮎も針にかかってしまうという漁法です。

全国にはこの友釣りファンがたくさんいて、毎年全国大会も開かれています。

ただし、最近の四万十川の鮎の数は三十年前とは正反対で、激減しています。

そこで漁業組合では、解禁時期でも、鮎を捕獲する人には必ず鑑札を保持させているそうです。鑑札は、車の運転免許証と同じように、鮎釣りする場合には必ず保持していなければなりません。

もし解禁時期以外や、鑑札を持たずに捕獲している場合は、相当厳しく罰則が科されます。それも鮎を守るためにはやむを得ないことなのでしょう。

また、稚鮎も激減しているため、高知県内では稚鮎を養殖して四万十川に放流するなど、鮎を守るための保護活動を行っています。

地元の漁師さんに聞いたところ、最近では、多くの方が規約を遵守してくださり、また、毎年稚魚をたくさん放流できていた関係で、少しずつ、明るい兆しが見え始めているそうです。

鰻《うなぎ》

鰻は鮎以上に数が減少しています。

今では絶滅危惧種として世界的に知られるほどになりました。

以前は四万十川でもよく獲れていましたが、最近では鰻をたくさん捕獲したという景気のいい話はあまり耳にしません。

よく獲れていた頃は、梅雨になると「ころばし」という漁具を使って鰻を捕まえていたものです。ころばしは竹で編んだ丸い筒状のもので、その中にミミズを入れ、一晩中川の中に沈めて置き、鰻が入るのを待つ、という伝統漁法です。

ころばしの入り口には円錐状の熊手のようなフタがあり、一度入った鰻が出られない仕組みです。

翌朝、ころばしを上げに行きます。

一個の「ころばし」に、多いときには二十四近くが入っていることがありましたね。狭い「ころばし」の中で鰻が動き回り、竹の編み目から尻尾をはみださせていたものです。

また、当時は川の中に潜って大きな石を持ち上げると必ず鰻が入っておりました。

昔は台風が来ると、四万十川がよく時化《しけ》て白く濁りました。夜半に見に行くと、白く濁った川面には何万匹ものシラス鰻が遡上している姿が見られたものです。

そこで、懐中電灯とバケツを持って行き、川辺でバケツを川にくぐらせ、何杯も鰻を捕獲したことがあります。

今となっては夢物語ですね。

また、鰻の漁法としては、四万十川独特の「ずずくり」という珍しい漁法がありました。台風などで水かさが増して川が白く濁った時に、小舟の上から行います。

まず、一本の竹か木で、二メートル位の棒を用意します。そしてそこにテグスの紐で二重、三重の輪を作り、その紐にミミズを五、六匹通します。

それを棒の先にくくり付け、舟の上からその棒を川の底に沈めます。

そして、何分か静かにそのまま待っています。

そうして鰻がミミズに食い付くと、棒の先に手応えがあり、急いで棒を引き上げると、テグスに鰻がたくさん、食いついているという方法です。

これは、鰻が一度噛みつくと口を放さないという習性を利用した漁法です。

この方法は一度にたくさん取れますが、かなりの技術を要するため、若い方には向かない漁法かもしれませんね。

ただ、これは随分前に行われた方法で、現在では行われていません。

川にある程度の鰻がいないと有効でないからです。


鰻の生態には謎が多く、何処で生まれるのか長い間不明でした。

二〇〇九年のことです。

日本の研究チームが、遂にその産卵場所を突き止め、遠いマリアナ海溝で産卵することが判明しました。しかし、それでも未だに謎の多い魚だといわれています。

ところで、国内で消費される鰻のほとんどは、天然のシラスウナギを養殖用に捕獲して育てている、半天然の鰻です。

シラスウナギの採捕によって、自然界で育つ本当の天然鰻が減少し、それと同時にシラスウナギも減少してしまい、鰻自体がたいへん貴重なものになってしまっていました。

その状態に一石を投じているのが、近畿大学の完全養殖です。人工孵化を実現させた研究チームは、さらにそこから鰻を育て、産卵した卵をまた孵化させる、というサイクルの実現を目指しています。

可能となれば、鰻の安定した供給も夢ではないでしょう。土用の丑の日に食べる鰻も安くて美味しいものが食べられるようになるかもしれませんね。

カニやエビ

四万十川ではまだまだ忘れてはいけない水生生物がいます。

カニとエビです。

四万十川のカニはツガニ（または、モクズガニ）です。

モクズガニはハサミの部分に密集した毛が、藻の屑のように見えることから、その名が付いたといわれています。夏は川の上、中流域で生育し、九月〜十月頃には繁殖のために、河口や海域まで、降下して交尾、産卵を行います。そして春に再び川を遡上します。

ちなみに、高級食材として有名な上海ガニはこのモクズガニの近縁種です。

日本のモクズガニの味の良さは上海ガニに劣りません。

もうひとつ豆知識をご紹介します。四万十川のカニは茹でると真っ赤になります。これは水質がよく美味しい証拠なのです。

都会の人は知らないかもしれませんが、水質の良くない川のカニは茹でても真っ赤にならないのです。

カニの捕獲法もご紹介しておきます。一番良いのはカニ専用のカゴ、カニカゴを使う方法です。竹や針金で編んだカゴの下の方にカニを誘い込む入り口を作り、その中に、カニの一番好物の魚や、鶏肉などを入れて、一晩中川の中に付けて置きます。そうして明朝取りに行くと、カゴの中にカニが入っているのです。

食べ方はシンプル・イズ・ベストがお勧めです。少し塩を加えて茹でるだけで本来の風味を堪能でき、一番美味しいはずです。

つぎにエビです。四万十川にはエビが多数種いますが、特に手長エビの生息地として知られています。

手長エビには「ミナミテナガエビ」「テナガエビ」「ヤマトテナガエビ」の三種類があります。

どれも姿はよく似ており、雄のハサミが体長を超える程長いので「手長エビ」というのです。

体長は十センチ程で、春から夏に捕獲されます。

私の子ども時代には「テナガエビ」がたくさんおり、いつでも自由に獲ることができました。大きな石を持ち上げれば、必ず数匹見つけることができましたね。

また、米糠が好物のため、石の前に米糠をまいておき、静かに五分程待って入れば、用心深く、ぞろぞろ石の下から出て来たものでした。

それをそっと海老玉ですくえば、簡単に捕獲出来たのです。

また、夜に懐中電灯を持って川に行くと、エビの目だけが輝いてみえます。それを目印にすればエビの居所が分かり、捕獲し易かったことを記憶しております。

しかし、いまでは数が激減しているようで、資源保護のために、九月から翌年三月まで採捕が禁じられ、この期間以外でのみ採捕することができる、という状況です。

現在、最も注目されているのは「柴づけ漁」です。

柴づけ漁は、木の枝や竹の笹を束ねたほうき状のものを作り、それを川の中につけて置き二日後以降に引き上げます。その間、エビは自分の住家が出来たと思い込み、居着いているのです。

ただ、この方法は珍しい方法であり、観光用に利用されています。

料理方法としては、カニと同じです。うす塩で茹でるだけでかまいません。そうめんに加えても良いし、天婦羅でも美味しくいただけます。

青のりと青さのり

このように、四万十川には、さまざまな珍しい魚類・カニ・エビ類が生息しております。

魚だけではありません。

美味しいものがまだ他にもあります。

海藻類です。

おすすめは、河口付近で採れる海苔です。

もちろん天然です。

海苔には青のり（スジアオノリ）と青さのり（ヒトエグサ）の二種類があります。

どちらも水温や気温によって収穫量や出来が大きく左右されます。「青のりの良い年は青さのりが悪くなり、青さのりが良い年は青のりが悪くなる」と言われているそうです。

青のりは海水と川水の交じり合う汽水域で太陽の光がよく届く、透明度の高い川底に生育します。

四万十川で天然の青のりが採れる地域の川底は砂や小石が少ないので、磯のかおりが漂う、上質の青のりとなります。十二月下旬から三月上旬にかけて、川底に生えている青のりの源藻を「かのこ」という器具で、川舟に採取します。昔は十一月から五月まで採取を行っていたこともあるそうです。水温や気温の変化によって、採取の時期が変動する影響を受けてのことのでしょう。

採取した源藻を水洗いした後〝北西の風〟が吹く川原で竹で編んだ「エビラ」と呼ばれる板状の容器の上に天日干しします。

なお、天日干しでは、南風に吹かれてはいけません。

脱色（しらが）になってしまうからですね。

それでは、青のりの召し上がり方をご紹介しましょう。

青のりは軽く火で炙るとパリっとします。

同時に、磯の香りが漂ってきます。

それを細かく切って熱々の御飯に振りかけるのが一番のお勧めです。

直接火で炙るより、フライパンやアルミホイルを使用すると焦げなくて美味しく召し上がれるでしょう。

また、焼きそば、お好み焼き、炒め物、味噌汁、天婦羅、唐揚げ等に利用すると、香ばしい風味と香りが味わえます。


続いて、青さのりです。青さのりは鮮やかな緑色で、形状は平べったく乾燥ワカメのようなものです。

青さのりも、青のりと同じ汽水域で育ち、網を張って養殖しており、収穫は手作業で行います。

香りがよく、主に佃煮の原料となります。

最近では、高知大学海洋植物学研究所が、海洋深層水を利用し希少価値の高い海藻を効率よく生産する方法を開発しました。

それに伴い、平成十六年から室戸岬町高岡では「すじあおのり」の養殖が始まっています。今では生産量も安定し、製品化に成功。源藻や粉状の青のりが室戸市役所で販売されています。

その他にも、パスタや天ぷら、炒め物など和洋を問わない万能調味料として美味しく利用できます。

(三) 四万十川流域の生活や文化

四万十川流域には、特色のある生活や文化が多数見られます。

大別すると、上流、中流、下流、の三区域に分けられます。

まずはそれぞれの土地の歴史をひもといていきましょう。

上流には「藤の川」と「半家(はげ)」という二つの地域があります。この集落は、源平合戦、特に屋島の合戦に敗れ、四国の山中に落ち延びた平家の末裔が隠れ住んでいたといわれている地域です。

一帯には平家に関わる文化が多く残されており、その一つが一帯の多くの家庭が「同一の姓」であることです。

たとえば、藤の川では「稲田」という名字が最も多い姓です。

私が高校生の頃、同級生、先輩、後輩にたくさんの「稲田さん」がいました。当時は理由が分からず、あまりの同姓の多さに驚いたものでした。

また、「半家」は駅名として有名です。

半家駅は津野川より四万十川の上流にある、江川崎駅を始発とする予土線の窪川駅までの間にあります。「半家」駅は読みの珍しさから、全国の難読駅名の一つとして数えられている駅です。

実は、この「半家」という漢字には、ある大切な意味が込められているといわれています。「半」の字は、源氏に平家の落人だと気付かれぬよう、「平家」の「平」の一番上の「一」を下に移動させ「平」を「半」に変えたことが由来だといわれているのです。

それは「例え身を隠しても平家の誇りを忘れることのないように」との先祖の思いがこもっているのかもしれませんね。

藤の川からもう少し四万十川を下った所に「口屋内」という地域があります。

その口屋内には支流の中でも最も大きい「黒尊川」があります。

黒尊川の出発点は愛媛県に近く黒尊《くろそん》、奥屋内《おくやない》、玖木《くき》、口屋内《くちやない》の四つの地域が連なっております。

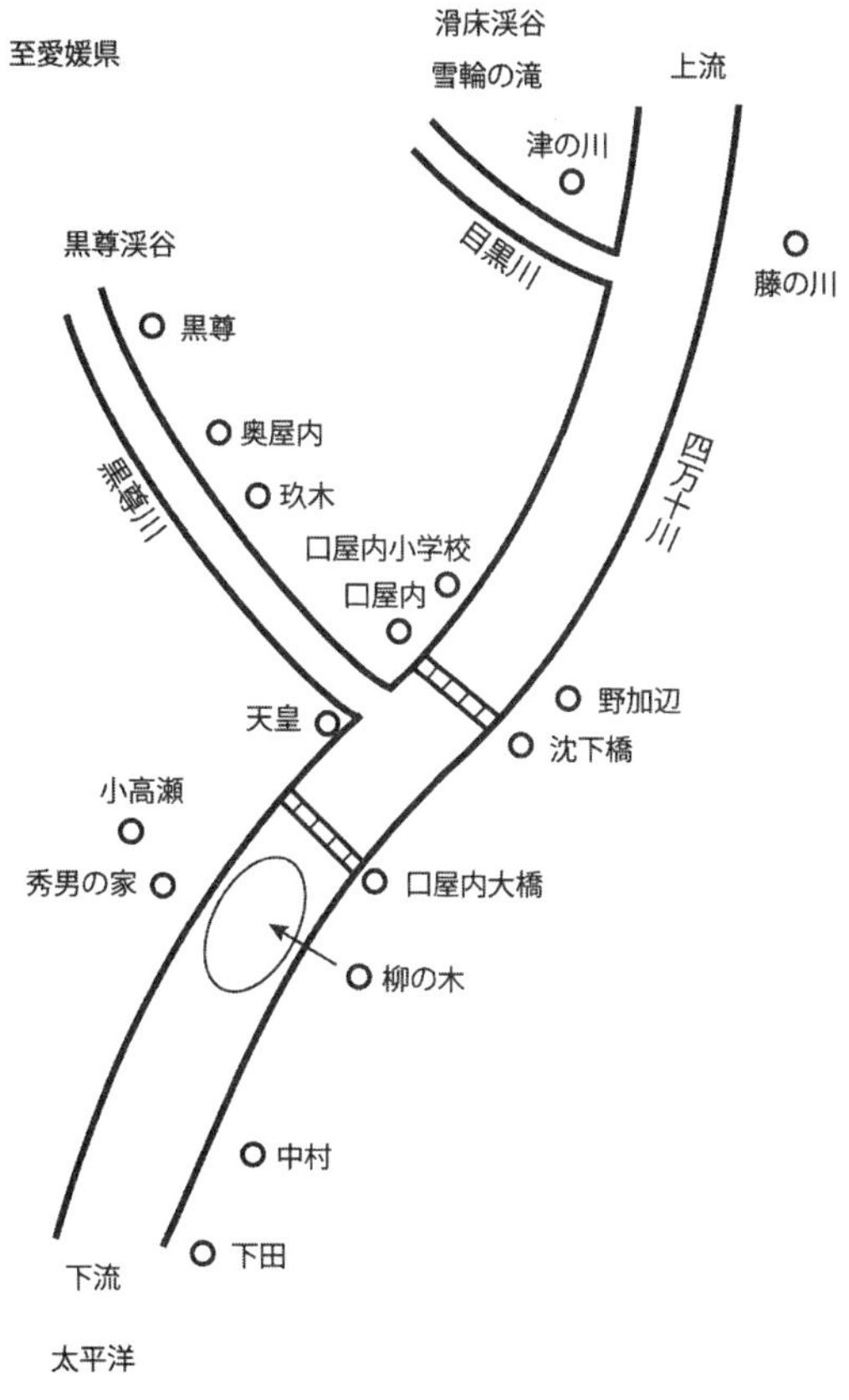

四万十川上流から下流までの地図

四国の小京都

四万十川のもう少し下流に行くと、中村という町があります。

元々は、中村市でしたが、平成十七年に上流の西土佐村と合併し、四万十市になった町です。下流は太平洋が近いために海の影響をうけ、川幅も広く、流れも穏やかで、小さな平野が多く点在しています。

中村は土佐の小京都といわれ町並みが京都とよく似た碁盤になっております。

なぜ碁盤の目状の町並みになっているのでしょうか。

それは、室町時代の「応仁の乱」の勃発により一条教房が中村に下向した際に、京都を偲んで町作りをしたからだといわれています。一条家といえば、政治の実権を握っていた五摂関家の一つです。応仁の乱によって京を離れることになった一条教房は、京への思いが強かったのでしょう。中村には各所に京都の名残りが多く、鴨川という地名も残っているほどです。

一条教房の子孫は後に土佐一条氏として武家をおこしています。市内には土佐一条氏の一族を祀る一條神社もあり、秋には一條大祭が行われます。また、夏には京都で有名な「大文字の送り火」も十代地山にて行われ、京都一色に染まります。

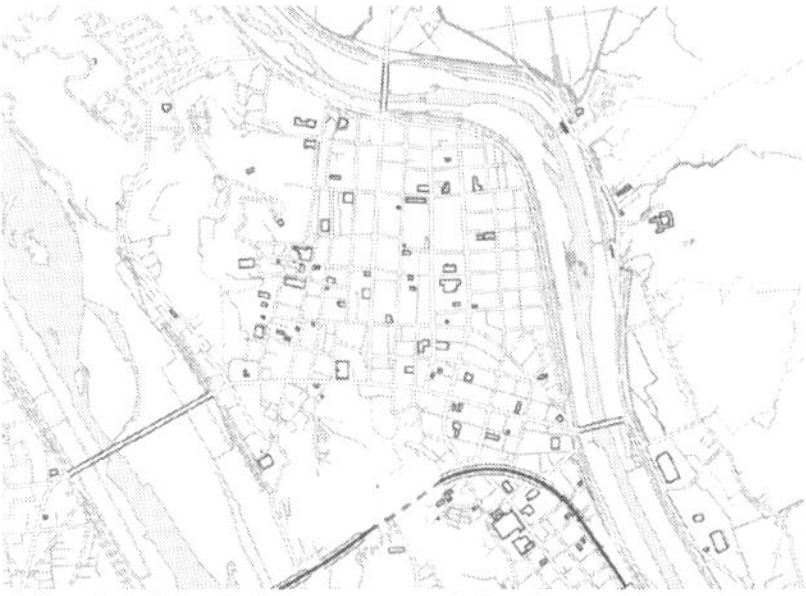

土佐の小京都と呼ばれている四万十市の中心
中村の市街地 (出典：国土地理院)

一條神社

一條教房の墓

ところで、四万十市に代表される高知県の西部地域（幡多地方）は荒海が多く、風雨も強い地域です。その気象環境が関係しているのか、一風変わった気骨な偉人、即ち異骨相《いごっそう》が多く出ております。

その代表例として、一番に挙げたい人物がいます。

ジョン万次郎（土佐清水出身）です。漁に出た際に舟が漂流したところをアメリカの捕鯨船に助けられ、それ以降、幕末から明治にかけて、アメリカと日本の橋渡し的な役割を担った人物です。

もうひとり、歴史の教科書に記載されている中村出身の人物がいます。

幸徳秋水です。

彼は一八七一年に中村で生まれた思想家で、明治時代の社会主義者です。平民新聞を起こし、当時の日露戦争開戦は間違っていると政府に猛抗議した気骨なジャーナリストでした。

本名は幸徳伝次郎といい、秋水の名は師事としていた中江兆民から与えられたものです。

彼は混乱する明治時代の日本全体に大きな影響を与えた人物でもありました。

ただし、見方によっては大変世の中を混乱させた人物といえるかもしれません。

もちろん、当時を知る人でないと真実は分かりませんが、中村でいわれている世間の立場で、お話をしておきます。

彼はあの有名な幸徳事件（一般には大逆事件）の中心人物だといわれております。

その事件は、明治天皇の暗殺計画に関与した仲間の一員として疑われ、十二名の社会主義者が処刑されたという事件です。

しかし、処刑された秋水は実際にはそんな実行計画には関与していなかったといわれています。

秋水は「証人調べも不十分で、判決を下そうとする暗黒な公判は納得できない」と書き残しています。

この事件については現代においても評価が分かれる事件です。社会主義者を排除するための冤罪だったという説もあるからです。

何処までが真実なのか分かりかねますが、彼がいっている事が真実ならば、彼の人生はとても儚い人生だったのではないでしょうか。

中村には彼の功績を称えて、秋水の復権運動を起こしている方もおられるそうです。

幸徳秋水 絶筆の碑

幸徳秋水の墓

また、町内には秋水の野望を記念して、立派な秋水の墓碑が建立されております。あまり知られておりませんが、四万十川を訪れた際には、秋水の墓碑も訪れてみてはいかがでしょうか。

四万十川流域の林業

昭和三十年代頃までは、四万十川流域は何処の区域もとても不便な生活環境でした。

特に上流、中流は林業との兼業農家が主流で、田畑も棚田が多く自給自足に近い状態でした。

ただ、一概にそのような生活を否定することはできません。大変な側面が多いのは事実ですが、自給自足だからこそ難を逃れたこともあります。

戦時中の食糧難です。都会は米国の空襲によって、食料難に陥っていましたが、この地域は自分達で耕し栽培することが当たり前だったために、食料が不足する事は少なかったようです。

戦前から戦後にかけての昭和の時代では、特に、ヒノキやスギの木が建築材として物凄く高価な物として取り扱われておりました。

黒尊地区にはヒノキもスギもたくさん植林されていたため、林業が盛んでした。

まだ道路も満足に整備されていなかった頃には、伐採した木材を筏に組んで川で流したり、川の浅い所は青竹を敷いて木材を滑らしたりしていました。また、大きな岩山が邪魔する所は岩の上で火を焚いて岩を砕いたりして木材を流していたそうです。

木材を口屋内まで運び出すには大変な苦労をしていたのです。

その後、線路が敷かれて、トロッコ列車が走れるようになったことで、木材の運搬は大変楽になりました。


しかし、口屋内からさらに下流への運搬も非常に大変です。

四万十川と黒尊川の交流地点には「天皇」という地名が存在します。

昔の天皇と何か関係があるのでは、と思われますが、未だ分かっていないようです。

ここは四万十川の中では流れが緩やかになる地域のため、口屋内に運ばれた木材を一度貯木する場として利用されていました。そして、その木材は口屋内から四万十川の下流の下田港まで、筏等を利用して運ばれます。

この頃、黒尊地区以外では木炭の生産が主流だったため、多くの人が、林業に従事していました。この木炭も舟母《せんば》という七メートル位の木造舟で、下田の港まで運んでいました。口屋内から下田港の間まではおおよそ三十キロメートルほどあります。往きは荷物を乗せているとはいえ、川を下るため比較的運搬しやすかったそうです。

しかし、帰りは逆流になります。空舟といえど、川の流れに逆らって進むのは容易ではありません。二人一組で、交代しながらロープで舟母を引いて、口屋内まで戻って来ていました。それには、一日、二日掛かっていたそうなので、大変な重労働だったことは想像に難くありません。

こうして川の下流へと運搬されたヒノキやスギはその後どうなるのかと疑問に思われる方もおられることでしょう。

高知県は古くからヒノキやスギの産地として全国的に有名でした。その中でも特に「土佐ヒノキ」「幡多ヒノキ」「四万十ヒノキ」は関西方面で随分と人気が高かったといわれています。

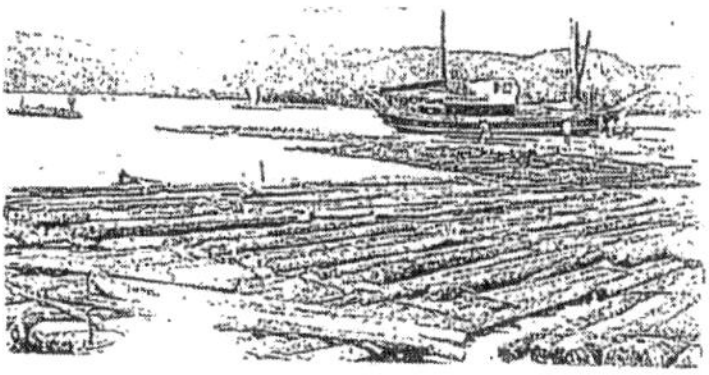

下田港

舟母

土佐の木材（ヒノキやスギ）は大阪城築城の際に豊臣秀吉から「日本一」の木材としてお墨付きをもらった銘木としても有名です。

一般的な木材は、年数が経つと強度が弱くなってしまいます。しかし、ヒノキは伐採後二百年間にわたって質を保ち、むしろ強度が上がるとさえいわれている不思議な木です。

実際、千三百年前に建立された世界最古の木造建築、奈良の法隆寺にもヒノキは使用され、今なお建築当時の姿を残しています。

ヒノキは材の芯（節）の鮮やかな赤みと強い香りが特徴的な材木です。これは油脂を多く含んでいるためだといわれ、それによって年月を経る毎に光沢が増し、耐久性も高くなるといわれております。

ヒノキにはひとつ苦い経験があります。

ヒノキの枝を斧で枝打ちしていた際に、逆に斧が欠けてしまったのです。切ろうとした枝の根は芯になっているため相当堅く、斧が負けてしまったのでしょう。

ヒノキの芯は家財にするととてもきれいで人気が高いものです。

しかし、そのきれいなだけではない、ヒノキの持つ「芯の強さ」を痛感させられた出来事でした。

これはどうやら大工さんの間では常識らしく「ヒノキの芯を斧で切る」のは禁止してされているそうです。

こうした強さと美しさを兼ね備えた高知県産のヒノキは高く評価され、京都の西本願寺や新国立劇場にも使用されています。

また、ヒノキにはアルファピネン、ボルネオール等のアロマ効果や抗菌作用のある成分を持っており、様々な製品に使用されています。

ヒノキは単なる木材に見えて、なかなか奥深い魅力のあるものなのです。

交通事情と沈下橋

昭和初期から中期頃までの四万十川流域は、交通に関する問題が絶えずありました。

現在ではどの地域も道幅が広く、立派な橋やトンネルが出来て、とても快適な生活環境になっています。しかし、きれいな道路整備が行われる前は、狭く、曲がりくねった道路が続いていました。すぐ横を流れる四万十川も激流で、道路から川を見下ろせば断崖絶壁で足が竦む様な場所が多々あったのです。

また、昭和の時代には車を持っている人が少なかったために、車同士が出会うことは少なかったようです。しかし、まったく出会わなかったわけではなく、出会ったならば百メートル以上もバックしなくてはならない、非常に不便な状態でした。

そのような状況のため、余所から来た人にとって、運転が非常に怖いところでした。それを象徴するエピソードをご紹介しておきましょう。

ある時、大阪から夜に車で四万十川上流の地域に来た女性がおりました。夜間であれば、見えるのはライトで照らされる前方だけです。そのため、行きは何もなかったようでしたが、翌朝になって周りの景色が見え始めると、自分がどんな道を通ってきたのか、全貌が明らかになります。

崖ギリギリの狭い道幅と、その下を勢いよく流れる四万十川。そのあまりの景色に驚き、女性は自力で車を運転して帰ることができなくなってしまったのです。地元の道路に慣れている方に広い場所まで車を出してもらい、なんとか事なきを得たそうです。

ただし、地元住民でも、問題がなかったわけではありません。

都会のような混雑ゆえの車同士がぶつかるような交通事故の心配はありませんが、予想外の事故はおこります。

ある家庭では、お弁当を忘れた高校生の娘に追いつこうと、下駄ばきのまま車に飛び乗った父親が、運転を誤り四万十川に落ち込んでしまったことがありました。自転車でスイスイと先を行く娘に追いつこうと、焦ってしまっていたのでしょう。幸いにも命には別状はなかったものの、父親は大怪我をしてしまったそうです。

そうした道路の不便さ、危険さは、時代とともに少しずつ解消され、今ではほとんどの道がきれいに舗装、拡幅され、地元住民でなくても難なく通れる道になっています。


それらの舗装された道路には、沈下橋も含まれています。

四万十川を訪れた方から、「四万十川には、どうして、沈下橋が多いのですか」という質問をよく耳にします。

これには、先述した通り、流域の交通手段が、筏、舟母、高瀬舟などの水運から、車、トラックの陸路に変わったことが大きく関係しています。

高度成長期を迎え、日本全国で大規模なインフラ整備が急がれていました。その中にあって、橋脚が低く欄干がなく、橋長も短い沈下橋は建設費を低く抑える事ができ、川辺同士の往来を便利にしてくれるものだと、多く採用されました。

今では大小様々な沈下橋が設置され、本流に二十二本、支流に二十六本の合計四十八本もの沈下橋が架かっています。現在も集落同士をつなぐ生活道として使用されながら、しっかり保全も行われ、流域に住む住民たちの生活を文字通り下支えしてくれています。

沈下橋には欄干がないのはなぜでしょうか。

建設費節約もありますが、それが第一の理由ではありません。

欄干がないと、台風が来て、川が増水した際の水の抵抗も減り、漂流物によって橋が破壊されるリスクを減らせるからです。

皆様の中には四万十川は常に穏やかで、川面は常に碧々とした清流だと思っておられる方がいるかも知れません。

しかし実際に年間を通してみると、そうではない時があります。それは夏、秋にやって来る「招かれざる客」、台風が原因です。

台風が直撃した時は大人しい四万十川も一変します。

「日本三大の暴れ川」（四国三郎の吉野川、坂東太郎の利根川、筑紫二郎の筑後川）程ではないですが、かなりの暴れ川に変身します。

その際、川の増水で橋をあえて沈下させることで、川の水に逆らうことなく自然と共存できるのです。

そして、欄干がないことで景観がよくなり、自然との調和もとれます。そのため、沈下橋が架かった四万十川の景観が「日本の秘境百選」や「国の重要文化的景観」にも選ばれています。

(四) 四万十川の怪奇現象

昭和の時代には四万十川にまつわる奇怪な話が話題になりました。

その一つは「エンコ」です。

カッパに似た妖怪です。

地元には、夕方に子どもが川に行くと「エンコ」に襲われて、川の中の深みに引きずり込まれてしまう、という怪談があります。いったん子どもが連れ去られてしまうといくら捜しても見つからないと言い伝えられているのです。

四万十川では、毎年水難事故による死亡事故が起こっています。特に県外から来て、独特な川の流れの特徴が分からないために亡くなる人が多い年がありました。

その年の夜、川沿いを歩いていると、川の周辺から「オーイ、オーイ」と人の叫ぶような声が聞こえて来た、という話が地元ではまことしやかにささやかれました。

さらに「ドボーン」と人が川に飛び込むような、奇妙な音が闇の中から聞こえて来たそうです。

昭和の時代のため、街灯など明かりになるものが少なく、川の周囲は今より暗かったはずです。その暗闇の中では、何が叫んでいるのか、何が川に飛び込んでいるのか、はっきりと見ることはできないでしょう。

ある老人の話ですと「ドボーン」という音は「川ウソ」がいて、夜中の人気のない四万十川に岩の上から飛び込んでいたのではないかという話もあります。

さらに、「エンコ」が舟に乗ったのではないかと思わせる話もあります。道路整備が行われるまで、生産した木炭を舟母で運んでいました。下りは川の流れに従って進みますが、帰りは逆流の中を進まなければなりません。

そのため、帰路につく舟母はロープをつたって上流に戻っていました。ある日、夜間に下田港から口屋内までロープで舟母を引いて帰っていた時、不意にロープが緩み、逆流の中、舟母がひとりでに「スーッ」と上っていったそうです。本来であれば、ロープは常にピンと張り詰めているはずです。船乗りは突然緩んだロープに驚き、船尾を見返すと、今まで見たことのない奇妙な動物が乗っていた、という話も伝わっています。

また「エンコ」以外にも不思議な言い伝えがあります。その中には、高知県では怪異話としてよく知られている「七人ミサキ」があります。子どもの頃は恐い話として、大人からよく聞かされたものでした。

口屋内の流れが緩やかになる「天皇」の先に、「七人ミサキ」が取り憑いたといわれる岬があります。今は流れも形も緩やかになり、昔の面影も全くなくなりましたが、昔は物凄い激流で、しかも中央は大きな渦が巻いておりました。

そのため、そこを通る舟は流れに誘われるように、その渦に飲み込まれてしまい、その舟に乗っていた人は命を落とすこともあったそうです。

それはまるで「あの有名なライン川（独）のローレライのようだ」といっていた人もいたそうです。

ちなみに、七人ミサキは四国・中国地方で多くの言い伝えがあります。その中で一番代表的なのが、高知県に伝わる吉良親実とその家臣の霊でしょう。戦国時代に高知県を治めていた長宗我部氏の跡取り問題でもめた末に切腹させられ、霊となって祟ったといわれて

御祭神には吉良親実、境内社の七社明神には家臣七名の名が記されている

吉良神社本殿

います。その霊を鎮めるために建立された吉良神社は高知市に現存しています。

自伝

（一）両親との惜別

私の名前は、秀男といいます。

秀男は昭和十七年、小高瀬《おだかせ》という集落で生まれました。

口屋内の小、中学校より一キロメートルほど下流です。

家族は両親と、兄、姉、私の五人家族でした。

しかし当時は太平洋戦争の真っ只中で、大変な時代です。

父親は、秀男がまだ母親のお腹にいた頃に出兵し、その後、秀男の顔を一度も見ることなく、秀男が二歳の頃、ついに〝帰らぬ人〟となってしまったのでした。

兄によると、父は戦死を免れ、太平洋戦争の終決後、広島県の呉まで帰還していたそうです。

しかし、呉から四国に帰る途中で、不運な出来事に出会《でくわ》してしまいました。

終戦直後の昭和二十年八月、太平洋戦争で日本が敗戦して以降、帰還した復員兵達は、誰もが一刻も早く懐かしい故郷へ帰還しようと急いでいました。そのため、日本中何処の港も混乱していたそうです。

呉の港も例に漏れず、四国に帰還する兵士が我先にと四国行きの船へ乗船しようとしていました。

父が四国行きの船に乗ろうとしたのは、昭和二十年の十月、物凄く北風の強い日のことでした。

瀬戸内海は秋になると強い風が吹きすさぶ日が多くなります。

強風によって船が転覆する可能性もあるため、周りの方は「今日は天候も悪いし、四国に帰るのをもう一日延ばしてはどうですか」と静止したそうです。

しかし、父は「子ども達が待っているから、少しでも早く帰りたい」と強行を決断、混雑している船に無理矢理乗船しました。

乗った船はあまり大きくない上に、定員オーバーの状態でした。

その状態のまま出航した船に、強風が襲いかかります。

風にあおられコントロールを失ってしまったのでしょう。

船は遭難してしまい、父も行方知れずとなってしまったのです。

父を含め行方不明者の捜索は行われましたが見つかりません。

この船に乗船していた方で無事救助された方は僅かだったそうです。

当時、瀬戸内海ではこの様な事故が多発していました。

内海だからといって、いつも穏やかではないのです。


ですが、世の中には不思議なことがおこるものですね。

船が遭難してから三日後のことです。

父の遺体を発見した、という連絡が入りました。

見つけてくださったのは、なんと以前に秀男の隣に住んでいた方で、その当時は今治で警察官をしていました。父が遭難した場所から遠く離れた今治の海岸で、父の遺体を発見してくれたのです。

それは、本当に偶然だったそうです。

戦中から終戦直後のこの時代には、どの家庭にも不幸は付きものでした。

秀男は幼かったために記憶にありませんが、父の遺体を目の当たりにして、兄や姉は相当ショックだったことでしょう。

父本人も、戦地から生きて日本に戻り、故郷までもう少しというところだったのに、残念無念だったはずです。

こうして、秀男の家族は母親、兄、姉の四人家族になってしまいました。母は父に代わって一家を支えようと、早朝から夜遅くまで、農作業に明け暮れました。子ども三人を抱えて、子育てに仕事にと働きづめだった母の苦労はいかばかりでしょう。無理が祟った母は、当時流行していた肺結核にかかってしまいました。

肺結核は感染力が強く、治療薬もなかった当時は不治の病とされていた病気です。肺結核に感染すると、人里離れ所に隔離されるか、肺結核の専門病院に入院するか、どちらかを選択しなければなりませんでした。

もし隔離となれば山深い所に小屋を建てて、自然治癒のみに身を委ねるだけ、という人が相当数いたものです。

しかし、結核が自然治癒する可能性は零パーセントに近いものでした。その中での隔離が何を意味するのか、お察しの通りです。さらに、当時は結核患者を受け入れてくれる病院が少ない状態でした。

それでも、母は強運の持ち主です。

無事、中村にある専門病院の幡多病院に入院することができました。

それから三ヶ月が経った頃、病院から見舞いの許可がおり、秀男は「久しぶりに母に会える」と、意気揚々と姉と二人で出掛けたのです。

しかし、病院に着いたはいいが、病室で直接会うことは許されませんでした。中庭から母のいる二階病室を窓越しで見る形でのお見舞いでした。

ただ、母は結構元気な様子で「お見舞い有難う」と手を振ってくれました。近くで会えない虚しさに涙ぐみながら、秀男は「また、来るから頑張っていてね」と手を振り返しました。

それから五ヶ月が過ぎた頃、今度は兄、姉、秀男の三人でお見舞いに行きました。今回も前回同様、中庭からの見舞いです。

しかし前回と母の様子がかなり違っておりました。

看護婦さんに支えられながら、二階の窓際から姿を見せてくれました。すっかり痩せこけてしまった白い手を振りながら、秀男たちに向かって何か叫んでいます。しかし、残念ながら秀男には、母が何と言っているのか、聞き取ることができませんでした。

秀男はこのとき、小学校に入るか入らないかの、まだまだ幼い年頃でした。何も分からない秀男は「また見舞いに来るから、早く良くなってね」と元気な声で叫び返しました。

一方、姉や兄は母を見上げ、黙ったままその場から離れようとしませんでした。

きっと薄らと悟っていたのでしょう。

母親と生きて会えるのが、これが最後だと――

この頃は各家庭に固定電話すらありません。

持っているとしたら、かなり裕福な家庭のみでした。

地元の住民同士で一番手っ取り早い伝達手段は、川岸から互いに大きな声で〝叫んで〟伝えるという原始的な方法でした。

母親の入院後一年が過ぎた、二月の早朝のこと。

その日はものすごく寒く、舞い落ちる粉雪のために少し霞がかかって見通しが悪くなっておりました。

対岸から大きな叫び声が聞こえました。

そこには自治会長さんがいました。

自治会長さんは秀男の遠縁にあたり、普段から秀男の家庭を公私にわたり支援してくれている優しい人でした。

ただ、川幅が二百メートル以上もあったため、なんと叫んでいるのか、内容を聞き取れませんでした。

そこで、秀男は川原に、姉と二人で降りて行きました。

そこは川にむかって大きく突き出しており、対岸へ近くなるからです。

何時もはそこに行けば良く聞こえるはずなのに、川の流れの音が邪魔をして、うまく聞き取ることができませんでした。

もしかしたら、良くない情報に感付いて、四万十川が気遣ってくれていたのかもしれませんね。

その後、少し川下に行くとやっと聞き取れました。

悪い知らせでなければ良いが――

そう思いながら耳を澄ませば、対岸の上の道路から、自治会長さんの叫び声が聞こえて来ます。

「みどりさんが、残念ながら早朝に亡くなりました」

「……」

「どうか、気をしっかり持って――」

「……」

思わぬ母の訃報に「お母ちゃん、死んじゃだめだよ……！」と姉と二人、川原で泣き伏し、涙が止まりませんでした。

とめどなく溢れる涙は秀男の視界をにじませ、舞い散る粉雪によっていっそうあやふやになっていきます。

どれほど二人で泣いていたのでしょうか。

ふと、川下に目を向けた秀男は、不思議なことを言い出しました。

「お姉ちゃん、向こうから変な女の人が川原を歩いて、こっちに来ているよ」

姉は目元の涙を拭いながら、力なく首を横に振ります。

「こんな寒い中に誰もいるはずがないよ。よく見てごらん」

姉の言葉に促され、秀男がもう一度よく見ると、その場所には冬枯れした大きな雑草が生えていました。

それは物理的には秀男の錯覚にちがいありません。

ただ、もしかしたら、子ども達三人を残して天国に旅立つ、母親の遣る瀬ない思いがそこに現れていたのかもしれない、とも思っています。

（二）秀男の少年時代

母親が亡くなってしまい、とうとう秀男の家族は高二の兄、中三の姉の三人家族になってしまいました。

この時、秀男はまだ小学生でした。まだ戦後まもない物資の少ない時代だったため、鞄や靴は布製で、制服も家庭で手作りしていました。

学校の校舎は山の手の高い所にあり、小学生と中学生がともに過ごす、古い木造校舎です。

どの学年も、十五名程度の小さなクラスでした。そんな小さな学校でも、記憶に残る楽しいエピソードがあります。

その一つが、小学校二年生の時に新しく赴任して来られた校長先生です。

小柄ながら口髭が立派で、外見はとても恐い顔をしている先生です。

その様相はまるで軍人と見紛うほどでした。

最初の授業で「私の名前は〝岡本虎猪〟です」黒板に書きました。

そうして教室にいる生徒の顔を見回して

「君達が悪いことをしていたら、虎や猪のように怒るぞう」

といいました。

黒板に書かれた名前と先生の言葉を聞きながら、

「小学校の先生なのに、もっと優しい羊や兎の様な漢字の名前の方が皆に好かれるのにな
あ」

と思ったものです。

その後、どれだけ怖い先生だろうかと身構えていましたが、実際にはその先生はとても
優しく生徒に接してくれる先生でした。

そのことに、秀男はとても安心したのでした。


秀男は算数が比較的得意でした。

秀男のクラスのみんなも算数好きの生徒が多くいました。

それゆえの、おかしなエピソードがあります。

当時の教室は薄い板張りのため、隣の教室の授業がよく聞こえてきました。

今だったら、一科目の授業料で二科目が聴講できて、得したと喜ぶかも知れませんね。

秀男の教室では国語を、隣の教室では算数の授業を行っていた日のことです。秀男とそ

の友人は教室の後側、隣の教室との区切りの傍に座っておりました。隣の教室からは掛算の九九を解説する先生の声が聞こえてきます。

すると、隣の教室から「五×六はいくらですか」と聞こえてきました。

その時、友人はこちらの教室でつい「三十！」と答えてしまったのです。

その声が隣の教室にも聞こえていたのでしょう。区切りを挟んだ向こう側から笑い声が聞こえて来ました。

それに対して、秀男達の教室にいた女の国語の先生は、キッと友人を睨みつけました。教科書で顔を覆いながらです。

なぜかと思って、秀男は真横から先生をのぞきみると、薄笑いしているようにも見えました。

あまりにも滑稽だったので笑いをこらえきれなかったのでしょう。

この「朝ドラ」のような出来事は、田舎の木造校舎ならではのことです。

学校生活で秀男が一番楽しみにしていたのは、昼食の時間です。

当時はまだ給食は無く、全員手作りのお弁当を持参していました。白ご飯に梅干しが必ず一個乗った日の丸弁当に、少しの野菜と焼いた川魚が入っているのが定番です。

週に何度かは学校の裏山に出かけ、自由に弁当を食べることができたため、それがとても楽しみでした。

ある時には四万十川が一番きれいに見える場所を友人と一緒に陣取り、遠足気分でお弁当を食べたものです。

裏山から見下ろすと、今の沈下橋のある場所に渡し舟が浮かんでいるのがよく見えました。

その当時はこの舟が流域に住む人々の交通手段だったのです。

四万十川の渡し舟

このような貴重な体験とやさしい先生にも恵まれ、秀男は小学校では楽しく過ごしていました。
一方、家庭には先祖伝来の田畑や山林はたくさんありましたが、過疎地だったためそれほど裕福というわけではありませんでした。
母が亡くなった目下の問題は、兄が我が家の大黒柱になり、学校と田畑の仕事の両立をしなければならないことです。

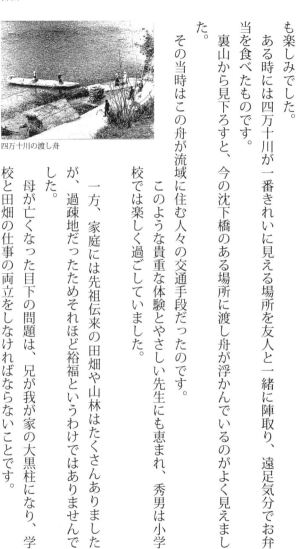

兄は中学校の頃から作業の手伝いは経験していたので、ある程度の事は一人でできる実力はありました。

しかし、学業との両立は一筋縄ではいきません。

一番困るのは、田植えと稲刈りの時期でした。

今はすべて機械化されて、大変楽になっていますが、当時の田植えと稲刈は大人数での手作業を強いられました。

そのため、この時期は農繁期といい、学校は何日か休日になりました。

それでも、兄一人ではできるはずもなく、親戚や、近所の方、学校の先生方など、まわりの大人たちが総出で手伝ってくださいました。

そうした状況が一、二年続いて、やっと兄は独り立ちできました。

炊事は姉の担当でした。姉は小さい時から手伝っていたこともあり、親戚のおばさんに教わりながら、なんとか姉一人でこなしていました。

私の担当は、兄と姉の補助をすることと、牛のお世話でした。

当時、トラクターのような便利なものはありません。

牛で田畑を耕す方法しかなかったため、まるで家宝のように物凄く大切に扱われていました。

牛は黒毛だったため、秀男は「黒」と名付けていました。「黒」はよく世話してくれる秀男に物凄く懐いていました。

秀男は学校へ行っても、何時も「黒」の事が気になります。家に帰ると鞄を置くなり直ぐに牛小屋に飛んで行って、頭を撫でた後、黒が食べる草の採取にいくのが日課になっておりました。

「黒」の一番好きな季節は春です。

田畑が蓮華などで満開になっているからです。

「黒」は雌で大変大人しい性格だったため、小学生の秀男一人でも散歩をさせる事ができました。蓮華が満開の田畑の真ん中に杭を立て、ロープで「黒」をつなぎます。すると「黒」は半日ほどかけて、蓮華をミステリー・サークルのように食べてしまうのです。

牛には上の前歯がないということを御存知でしょうか？　牛は歯茎が非常に丈夫なため、下の前歯と上の歯茎で草を引きちぎって食べているのだそうです。

また、常に草ばかり食べているため、ミネラルが不足してしまいます。そのため、時々塩分を与える必要がありました。

塩分は「黒」の大好物でした。

秀男が手の平に塩をのせて差し出すと、大きな舌をだしてとても美味しそうに食べてくれるのです。

牛は暑さにとても弱い動物のため、夏になれば夏バテします。

「黒」もそれに違わず、夏にはかなり体重が減っているようでした。

そこで、暑さ対策として、夕方になると四万十川に連れて行っていました。川岸に着くと黒は自分で川に入り、気持ち良さそうに水遊びをしていたものです。

「黒」を毎日見ていて秀男は疑問に思ったことがあります。

外で草を食べて牛舎に戻って来ても、一日中口をもぐもぐさせていることです。その仕草に、一体何を食べているのかと、秀男は疑問に思っておりました。

ある時、牛に詳しい隣の伯父さんに尋ねると逆に聞き返されました。

「牛に胃袋は何個あるとおもう？」

「一つじゃないの」

「実は四つの胃袋を持っているんだよ」と教えてくれました。

四つの胃の内、人間の胃と同じ役割をもつのは第四の胃のみです。

第一から第三の胃で、一度食べた大量の草を消化するために反芻《はんすう》しているということでした。

反芻は一度飲み込んだ食物を口に戻して再び噛むことで、食い返しともいわれます。牛が草をきちんと消化するには、この反芻を何回も行わなくてはいけないのだそうです。

牛以外にも反芻を行う動物は多く知られています。このような動物を、反芻動物といいます。山羊、羊、鹿、キリン、ラクダ等がそうであり、必ず胃袋が四個あるそうです。

ちなみに、長い首をもつキリンはどうやって反芻するのかというと、ゲップを繰り返して少しずつ食物を上に持ちあげていくそうです。

さて、話を黒に戻しましょう。

「黒」が我が家に来てから四年が経った頃、大変困った事が起きてしまいました。

一般的に、牛が田畑の耕作ができるのは三年程度だそうです。四年経った「黒」は体力的に限界を迎えており、耕作するには体力が足りなくなっていました。そのため「黒」を手放さなくてはいけなくなったのです。

秀男がその話を聞いたのは「黒」が連れていかれてしまう三日前でした。

秀男は大好きで可愛がっていた「黒」と突然別れる事となり、大変ショックを受けました。別れる前の晩は牛舎で添い寝してやりました。

「黒」の傍を離れられなかったからです。

そうして迎えた翌日早朝、係の方がやって来ました。牛舎からロープで「黒」を引っ張り出そうとしましたがうまくいきません。

「黒」は大きな目に涙を浮かべ、苦しいそうなうめき声を上げて「いやいや」と首を振るのです。

きっと「黒」はどこに連れていかれるのか不安だったのでしょう。

住み慣れた牛舎から出て行くのが相当辛そうな様子に、秀男は思わずもらい泣きしてしまいました。

それでも、寂しさをぐっとこらえ、なんとか「黒」を落ち着けようと頭を撫でてやり「遠く行っても、可愛がってもらいなさいよ」と見送りました。

牛舎を出てから対岸道路のトラックまで、黒は歩かなくてはなりません。そこまで、川原に出て渡河する必要があります。四万十川は水深が深い場所が多く、何処でも歩いて渡れるわけではありません。

しかし、冬の一時期だけ水深が浅くなり、歩いて渡れる場所が秀男の家の前にありました。

係の人にロープを引かれながら「黒」は川原に行くまで、何度も秀男を振り返りながら別れを惜しんでいました。

やるせない思い出です。

（三）秀男の学生時代

それから数年後。秀男は高校三年生になりました。

秀男は将来、数学を勉強したいと考えていました。そのことを担任の先生に相談すると、

「東京に秀男君に相応しい大学があるので、受験してみてはどうですか？」

と紹介されました。

ですが、素直に首を縦に振るわけにはいきません。

当時は、新幹線もなければ瀬戸大橋もありません。

秀男の地元から東京まで、なんと二十時間近くかかる時代です。

交通網が発展した現代では、南極へでも旅行する感覚かもしれませんね。

「井の中の蛙、大海を知らず」で、秀男はまだ見ぬ土地へと旅立つことすべてが不安でいっぱいでした。

そこで秀男は一計を案じます。

秀男の暮らす集落には、一風変わった才能の持ち主の老人がおりました。

その人は生まれつき視力を失っている方で、職業は「マッサージ師」かつ「易者」でもありました。

この集落の人は何か行事がある時や縁談等で悩んでいる時は、何時もこの老人を頼っていました。

この占いは、どういう訳か非常に良く「当たる」ことで有名だったため、人生の進路を相談しました。

もしかしたら、視力を失ったからこそ見えてくる、神懸かり的な力が働いていたのかもしれません。

この易者は、特に方角を重要視していました。

たとえば、縁談であれば「その相手は自分を中心にどちらの方角に住んでいるのか」などを調べておりました。

「高校の先生から、関東の大学へ進学したらどうかと勧められたのですが……」

とその老人に相談してみました。

すると、老人は他にもいくつか質問し、色々と調べてくれました。

「関東は、東に当たる。方角的にも一番良いし、また、良い出会いがあるという卦がでていますから、自信を持って行きなさい」。

秀男は、これでやっと東京への進学を決意できたのでした。

当時、四国内を移動する最速手段は、急行でした。

しかし、急行といっても名ばかりで、速度は現在の普通列車とあまり変わりません。そのため、高松まで行くのに七時間ほどかかりました。これでようやく、本州に向けて旅立てます。

当時は、高松と岡山県の宇野をつなぐ宇高連絡船が運航しておりました。宇高連絡船は日本国有鉄道（国鉄）が運航しており、運航当初からしばらくはなんと列車ごと乗せる船だったのです。

しかし、一九五〇年の紫雲丸事故以来、乗せなくなりました。

秀男は四国から出るのも、連絡船に乗るのも初めてでした。初めて乗る連絡船、そして海を渡った先の未来に胸を高鳴らせたものです。

連絡船は一時間ほどで岡山県の宇野に到着しました。それからが大変です。

宇野の桟橋から東京行きの急行列車「瀬戸号」の座席取りに全力疾走しなければならなかったのです。

当時の急行列車には指定席はありません。

座席取りに成功しないと、運が悪ければ東京まで立ちっぱなしになってしまいます。そのため、子ども連れやお年寄りは大変だったのです。

こうした経験もしながら、秀男は十五時間以上かけてようやく東京へと到着しました。

しかし、秀男の苦難はここで終わりではありません。

東京駅はあまりにも広いので、駅構内で迷ってしまったのです。どこを進めば良いのかわからず、あちこち歩き回り、一枚の切符で改札口を何回も通してもらいました。秀男が一目で田舎風と分かる格好をしていたため、駅員が同情してくれたのかもしれませんね。

秀男の東京デビューは、こうした波乱で幕を開けたのでした。

秀男の進学した大学は、飯田橋駅の近くの神楽坂にある東京理科大学でした。前身は物理学校といい、夏目漱石の「坊っちゃん」の主人公もこの大学で学んだという設定にもなっています。

東京で賃貸物件を借りようと思うと、それなりのお金がかかります。秀男の家庭ではそれを賄うことは難しかったため、大田区大森馬込の新聞販売店に住み込みながら大学へ行くことに決めました。

当時は西馬込にまだ畑が残っており、販売店の近くには小さな町工場がたくさんあり、あちこちから機械音が小気味よく響いていました。

馬込の中心は馬込銀座という通りです。

馬込銀座は賑やかで、まさに東京のベットタウンという様相でした。

ここに大森駅からは循環バスが通っていました。

しかし、バス代も馬鹿にはなりません。秀男はバス代を倹約して大森駅の山王会館の前から、山越えして徒歩でも行ける道を何時も利用して帰っていました。

新聞配達のバイトは、朝は四時半に起床、配達の準備をして五時頃から朝刊を配達します。昼間は大学に行って、また夕方六時から夕刊を配達するという強行スケジュールでした。

新聞配達で一番困ったことがあります。

重大ニュースになるような事故や事件が起こった時です。

たとえば昭和三十八年十一月には、多くの犠牲者が出た鶴見列車衝突事故と、アメリカのケネディ大統領の暗殺事件が起きます。

この二つの歴史に残る事故と事件が起こったのは、同じ年の同じ月でした。

この時は新聞が配達所に到着するのは何時間も遅れ、さらには号外も配る必要があります。慌ただしく配って回らなければならず、まさにてんてこ舞いといった状態でした。

新聞配達と学業を両立させなければならない生活は、予想以上に厳しいものでした。けれども、新聞配達のお店には、同じ境遇の大学生や予備校生が合計十人居ました。その仲間の存在が、秀男にとって大きな励みになりました。

さらに、世の中には不思議なことがあるものです。

実は、その店の店主は四国の松山市出身で、さらに店員十人の中には高知県の中村市出身者が二人おりました。前もって調べたわけでもないのに、広い東京で同郷の人達とともに過ごせるという状況は、とても心強いものです。そのお陰もあり、秀男は公私ともに充実した日々を送っていました。

東京オリンピック

上京してから二年が経った頃。

東京は、東京オリンピック開催の話題で盛り上がっていました。

東京オリンピックの目玉政策の一つが新幹線でした。東海道新幹線が東京から大阪まで開通し、大きな注目を集めていましたが、秀男は、新幹線は生活の豊かな人の乗り物のように考えておりました。

新幹線が開通するまで、新幹線の工事の進捗具合を二年間ずっと見学しておりました。ちょうど新聞配達区域に、新幹線の高架橋が建設されていたからです。

特に、大きな陸橋を架ける時は真夜中から早朝の、車や列車の通過しない時間帯を狙って工事をしていました。

ちょうどその時間帯に新聞配達をしていた秀男は、配達を忘れるくらい、夢中になって工事の様子を見ていたものです。

そうして、とうとう一九六四年十月一日、新幹線の出発式がやって来ました。

秀男は東京駅には行きませんでしたが、西馬込の配達区域で見学しておりました。

そして、一九六四年十月十日、東京オリンピックが開催されました。

東京に出てきて一番印象に残っている出来事でもあり、この日は秀男の誕生日でもあったので、当時の賑わいは鮮明に記憶に残っています。

太平洋戦争の敗戦から十九年後、日本経済は高度成長期に入り、戦後の復興と成長を象徴するかのような世界最大のスポーツイベントに、東京だけでなく日本中が大盛り上がりでした。

秀男は仕事も授業もあり、観戦に行く時間がありません。入場券も簡単に手に入るものではないため、すべてテレビ観戦でした。

しかし、プレオリンピックの観戦には、一日だけ訪れました。プレオリンピックとはオリンピックの一年前、一九六三年に国立競技場で開催された事前競技大会です。東京オリンピック以降しばらく開催されませんでしたが、二〇〇八年の北京オリンピック以降、また開催されるようになっています。

当時のプレオリンピックは入場料も比較的安く、学生の秀男でも入場券が手に入り易かったのです。

参加選手は二番手の選手が多く、さすがに本番のオリンピックのような盛り上がりではなかったですが、主な競技やオリンピック会場は一通り見学することができ、十分に満足しました。

そして、翌年のオリンピックの開会式。

十月十日は年間で快晴になる確率が最も高い日でしたが、前日は南海上を通った低気圧の影響で雨が降っていました。

ところが、神風が味方をしてくれたのでしょうか。予想外に低気圧が遠ざかり、高気圧が進んで来たために天気は一気に回復しました。

その時の入場式のＮＨＫのテレビ放送のアナウンサーは北出清五郎さんです。彼の「本日は世界中の青空を全部東京に持って来たかのような素晴らしい秋日和でございます」というアナウンスは、今でも有名です。

そして、ブルーインパルスによって東京の紺碧の空にきれいな五輪の輪が描かれ、とても感動したものでした。

競技種目で、印象に残っているのはマラソン競技です。前評判の高かったランナーは、前回大会（一九六〇年のローマ）で世界最高記録をだして優勝した無名選手、エチオピア出身のアベベ・ビキラ選手です。ローマ大会では裸足で駆ける姿が注目され、裸足の英雄といわれていました。

秀男も、四年前に日の落ちたローマの石畳のアッピア街道をトップでゴールインした雄姿をテレビで見たのを思い出しました。彼は東京大会では靴を履いての走りでしたが、文句なしの優勝でした。

その時、日本の注目選手は、あの円谷幸吉選手です。円谷選手は国立競技場に入った時には二位でしたが、国立競技場内でイギリスの選手に追い抜かれて、残念ながら銅メダルでした。

しかし、やや体を右へ傾けた走りが有名で、精根尽き果てながら頑張った姿は多くの国民に大きな感動を与えました。

ちなみに、大変残念なことに、アベベ・ビキラ選手も、円谷幸吉選手も東京オリンピックから数年後に不慮の事故で亡くなっています。

マラソン以外で注目されたのが、女子バレーボールでした。

当時、日本の女子バレーはソ連戦を除いて二十二連勝と、強さは飛び抜けておりました。

監督は鬼の大松で知られる大松博文監督です。後に映画のタイトルにもなった「おれについてこい！」という名言で有名であり、さらに四国出身の監督だったため秀男も注目していました。

その当時、ライバルはやはりソ連でした。そのソ連を破って、女子バレーは見事金メダルを獲得したのです。

その時のテレビの視聴率は六六・八パーセントと物凄い人気でした。この記録はスポーツ中継の歴代視聴率の中で最高であり、現在でも破られていないことからも、国民の関心の高さがうかがえます。

東京での思い出はオリンピックだけではありません。

印象的だったのが花火です。最近では、全国津々浦々まで花火大会が派手に行われておりますが、当時はそれ程ではありませんでした。

関東で有名だったのは、多摩川や江戸川の花火大会です。秀男は友人と江戸川花火大会を見学に行きました。

花火会場に着くと、上空ではテレビの中継用だったのでしょうか、ヘリコプターが二機旋回していました。一万発以上の花火は大変にきれいで感動しました。花火も、観客の規模も、そのスケールの大きさに圧倒されたものです。

兎にも角にも、あまりの人の多さにびっくりしました。右を向いても左を向いても、人、人、人。その数なんと百万人以上といわれていました。

混雑がひどく、最寄り駅から江戸川の河川敷まで歩いて二時間、帰りも別の駅まで歩いて一時間半、往復三時間半以上かかり、道中はヘトヘトでした。

しかし、その道中の出店で買った冷やしたキュウリの美味しさは、何年経っても忘れられません。

学生寮での思い出

新聞配達を初めて三年が経った頃、やっとアルバイトと学生との両立ができるようになり、経済的にも少し余裕ができました。

そこで、残り一年間は勉学への専念を決め、三年間お世話になった馬込に別れを告げ、友人が紹介してくれた靖国神社傍の学生会館に入ることにしました。

学生会館に入るには、事前に面接を受けなければなりません。通常であれば大人の職員が実施するはずですが、その時の面接官はどういうわけか学生で、秀男は疑問に思いました。

さらに寮費も一ヵ月三百円と破格の安さです。その安さに驚きながら入寮すると、その理由がようやくわかりました。寮が入っている建物は、実は昔の軍隊の兵舎跡で、部屋は一部屋に四人、しかも二段ベッドだったのです。建物は古く、夏になるとどの部屋にも南京虫が恰《あたか》も寮の住民であるかのように住みつき、とても不潔でした。

ひどい人は痒くて皮膚科に通っていたほどです。決して良い住環境とはいえない学生寮でしたが、気に入っていたところがあります。東京の一等地だったことです。

学生寮は皇居の近くにあり、堀にはきれいな白鳥が泳いでおりました。また、春に成れば堀の周りにはきれいな桜の花が咲く、花見の名所でもあります。

秀男は人生の中で、皇居の近くに住めるのはこれが最初で最後だろうと思い、部屋は少々不潔でも辛抱しようと心に決めたのです。

学生会館の近くには高いビルがありました。九段会館です。皇居の堀の外に出て、靖国神社の前を通り、九段坂を下った千鳥ケ淵にあり、この九段会館には、会議場や図書館、レストラン等様々な施設がありました。

学生会館には食堂はあっても朝食しか食べることができず、狭い部屋では落ち着いて勉強することもできません。そのため、大学の授業のない時は、この九段会館のレストランと図書館を利用しておりました。

このレストランの思い出の味が、オムレツです。

貧乏学生にとって、手頃な値段で食べられるそのオムレツは、大変美味しく、お店に行けば必ず頼む私の定番メニューでした。

レジには笑顔の可愛い娘さんがいました。秀男がわざわざ口にださなくても「オムレツ一つ」と調理場に注文してくれたものです。

このレストランが定休日の時は、神楽坂を少し上った所にある中華料理店の中華蕎麦を食べておりました。

神楽坂の周辺には、とても上品で、美味しい店がたくさんありました。しかし、やはり、芸者さんのいる町。学生にとっては毎日というわけにいかず、少々気後れする場所ではありました。

さて、この学生会館には、風変わりの学生が多数在籍しておりました。

大学五年生や六年生という、いわゆる留年生が二部屋に一人はおり、この生徒のほとんどは、出席日数が足りないのが主な留年の原因でした。その実、勉強面では非常に優秀らしく、有名な大学の学生も結構おりました。

秀男の部屋にも大学六年生が一人おり、学校は一週間に二日ほどしか行っていませんでした。その方は上級生でもあり、優秀な方だったため、何時も数学や物理の難問に対して仲間内で議論し合っておりました。

学校を休んでいる日はアルバイトに行っているか、何か難しい哲学やマルクスの『資本論』などを読んで過ごしていたものです。

秀男は新しいアルバイトを始めることに興味があったので「アルバイトはどこに行っているのですか」と聞きました。するとその先輩はおもむろにペンを取ると、ノートに「日暮里」とだけ書いたのです。

見慣れない地名に、秀男は「ひぐれさとですか？」と聞くと、先輩は「ノーノー」と首を振り

「山の手線の、ニッポリです。遠いけれども、以前にいた所ですから」

と言って笑っていました。

その話を聞いて、その場にいたもう一人の友人は
「僕はアキバハラにアルバイトに行かないといけない」

と言いました。

「アキハバラと違う?」

と秀男が言うと
「そうそう、東京にはややこしい駅名が多いからね」

と文句を言いながら、アルバイトに出かけていきました。

また、同室のもう一人には、パン屋さんの知り合いがいました。

彼は食パンの耳を袋いっぱいにタダでもらって来て「普通の食パンと栄養は同じだから」と言い皆に配っておりました。

当の本人は「これで、三日間の朝御飯代が助かった」と喜んでいたものです。

こうした先輩や同輩と交流しながら、馬込とはまた違った楽しい生活が幕を開けました。

入寮してから二十日ほど経った時のことです。同室の先輩から「秀男君、一つだけお願いごとを聞いて欲しい」との頼みがありました。ついで「次の日曜日の夕方に、国会議事堂前でデモがあり、人数が足りないので参加して欲しい」と神妙な顔つきで言うのです。

秀男自身、入寮する時から激しいデモへの参加を呼びかけられることを一番心配していたため、先輩の誘いに「やはりきたかと」緊張が隠しきれませんでした。

当時は日本全国で学生運動が起こっており、特に東京では様々な大学の学生が連日のごとく学生運動を繰り広げていた時代です。

そうした時代にあって、東京にはあちらこちらに学生のアジトがありました。

しかし、学生運動の参加を強制させる寮が多々あるなか、此処の学生会館は比較的大人しく、デモの参加は基本的に自由に選択できました。

この学生寮の名前は「東京学生会館」といい、本来は国の管轄でした。しかし現実は学生が自治権を主張して、すべての権限をもってこの場所に住みついているのが実態だったのです。

これで合点がいきました。だから面接官が学生だったのかと。

デモへの参加を一度は丁重にお断りしたものの、お世話になっている先輩から食い下がられてしまっては断り切れませんでした。

結局参加するはめになったのです。先輩からは

「秀男君は心配症だから、一番大人しい民青というグループの人達と一緒に参加すれば良いのではないですか。良い人生経験になりますよ」

とアドバイスをもらいました。

そうして、次の日曜日、車で国会議事堂近くまで行きました。

着いた時には、すでに国会議事堂の前には二百人ほどの警察官や機動隊が警備を固めています。

万が一デモがエスカレートしないよう、厳重な警戒体制がしかれていたのです。そして、デモの開始時間である午後七時頃になると、たくさんのデモ隊が集まりました。

各々が自分の主張を叫びながら練り歩きます。デモ隊はおよそ五百人おり、一番前列のデモ隊はかなりの大声で叫んでおりました。

秀男は最後部の列に混じりいそいそとデモ隊についていきます。近くには女子学生も多くおり、噂で聞くよりもずっと大人しい雰囲気に安堵しました。

テレビでは物凄く激しくデモ隊と機動隊が衝突する場面ばかりが取り沙汰されます。そうした映像ばかり見て来ているため、機動隊の近くを通る時は逃げ出したい気持ちになりました。

何事もなく終わることを願いながら大人しくデモ隊について歩き、初めてのデモは国会議事堂前を二周してなんとか無事に終了しました。

前方ではどんな主張を叫んでいたのか、今となっては忘れてしまっています。何を主張するデモだったのか、その内容も詳しく分からないまま参加したことは、我が事とはいえ、反省に値することでしょう。

秀男が入寮して半年経った頃、事件がおきました。

ある日、国の方から重要な話があるので、全員集合してくれと寮長から呼び出しがかかったのです。

聞けば、高田馬場の近くの下落合という場所に新しい学生会館が出来たので、全員早急に引っ越して欲しいということでした。

移転の理由は、今の学生会館の跡地全体を昭和天皇の還暦を記念して、北の丸公園（江戸時代に江戸城の北の丸があった場所なので）を建設する構想のためだと説明されたのです。

これにより、とても困ったことが起きてしまいました。

私たち学生が、ここに残りたい人と、新しい会館に移りたい人に二分されてしまったのです。

秀男は拘りがなかったため、今より良い環境で過ごせるならばと賛成派にまわりました。

反対派の学生の言い分は「国の意図は、学生を分断して学生運動のアジトになることを防ぐことだ」というものでした。

この移転をきっかけに、国と反対派学生の関係は対立へと発展してしまいました。学生会館を監視するために、会館の近く、現在の武道館のある場所の隣に機動隊員が常駐していたほどです。

それからほどなくした十月のある朝、何の前触れもなく引っ越し作業が始まりました。抵抗する反対派の学生と機動隊との間に小競り合いが起こりましたが、二十分ほどで治まり、作業は多少のいざこざはありながらもつつがなく終了したのです。

この件は翌日の朝刊に「暁の脱出」と大きな見出しで出ておりました。

秀男は、希望どおり下落合の新しい東京学生会館に入寮することができました。新しい学生会館は鉄筋五階建てで、一階は大食堂と大浴場、売店、その他、アルバイトの紹介所等がありました。

部屋は古い学生会館と同じ形式で、四人部屋で二段ベッドです。

新館はすべて新しく、旧館と比べて快適でしたが、寮費の値上りが学生の頭痛の種となっていました。しかし、秀男はもう直ぐ卒業です。そのため、あまり問題にはなりませんでした。

この学生会館は男子学生が二百人位入寮できる規模でしたが、秀男が入寮した頃はまだ出来て間もないため、半分ほどしか入っておりませんでした。

そして半月が過ぎ、秀男は卒業を間近に控え、もう学生運動に関わるような騒動もないだろうと思っていた矢先、また、下落合で騒動が起こりました。

それは月曜日のお昼頃のことです。

下落合の隣、高田馬場の駅から百人位の居残っていた学生が、電車を乗り継いでプラカードのような物を持ってやって来ました。

新しい学生会館は下落合の駅の直ぐ横にあり、ちょうど五階の自室にいた秀男は、すぐ真下の駅の様子がよく見えました。

居残っていた学生と新しい学生会館に移った学生の間には、何も対立がなかったはず。それなのに一体どうしたのかと皆目見当がつかなかったのです。

学生達が押し寄せてきたまさにその時、まるで予期していたかのように三十人ほどの機動隊員が下落合の駅の裏から飛び出して来ました。

おそらく、この機動隊は学生運動の専属の部隊だったのでしょう。その的確な対処に、常にこの学生達をマークしてきたようにも見えました。

駅前で学生と機動隊の小競合いとなりました。十分間ほど続いた後、機動隊員からハンドマイクで「〇〇大学の〇〇さん、いい加減に止めなさい」と呼びかけられたのをきっかけに、騒動は治まりました。

その騒動を上から見下ろしながら、一体なぜこんな騒動が起きたのをよくよく考えてみました。国が〝強引〟に引っ越しさせた不満を爆発させた、という結論に思い至りました。

それ以来、秀男は卒業まで平穏な日々を過ごしました。

もうこの頃の学生運動には、安保闘争の時のような激しさや厳しさは、なくなってきているように感じていました。

この数年後には古い学生会館は取り壊され、今の北の丸公園に整備されました。当時機動隊が常駐していた入り口には、立派な武道館が建っております。

東京での四年間を謳歌した秀男は、大学を卒業し、遂に東京を離れることになりました。汽車賃を工面するだけでも大変なのに、帰途では、香川県の丸亀に着くまでに十時間以上、そこから地元高知県四万十市へ行くにはさらに何時間もかかります。そのため、在学中はなかなか地元には帰れませんでした。田舎には電話もなく、連絡手段は手紙のやり取りだけ。無事に卒業し、就職先も掴んだ秀男は、四年間離れていた田舎へ帰郷することになりました。

さまざまなことを経験できたすばらしい四年間を過ごせたと思います。

(四) 弘法大師との出会い

大学卒業後、秀男は香川県丸亀市の高校へ、数学教師として赴任しました。赴任した高校の近くには石垣の高い丸亀城（別名亀山城）というお城があり、その周囲にはきれいな桜がたくさん咲いておりました。

また、赴任前から、香川県は団扇の生産量が日本一であり、うどんの本場でもあることは耳にしておりました。

丸亀市と秀男の生まれ故郷の四万十市とは、四国の西端と東端です。そのため、同じ四国といえど気候もかなり異なり、赴任当初は少し戸惑いがありました。

赴任してしばらく、私は丸亀から四キロメートル離れた多度津から通勤していました。というのも、勤務している高校で馬の合う理科の先生の実家に下宿させてもらっていたのです。

当時はまだ車の少ない時代だったため、自転車通勤者が多くいました。私と理科の先生の二人も、毎日多度津から丸亀まで自転車で通勤しておりました。

一昔前へ遡れば、多度津は琴平の金刀比羅宮参拝の海の玄関口として栄えた港町です。

金刀比羅宮は、江戸時代から海の神様として庶民に親しまれています。全国から船で瀬戸内海を渡り、まずこの多度津の港につき、そこから金刀比羅宮まで歩いて参拝したといわれています。

また、多度津の裏山には桜の名所「桃陵公園」があります。そこの北側には「一太郎やあい」の銅像があり、南側には「少林寺拳法」発祥のお寺であり本部にもなっている、金剛禅総本山少林寺があります。

一太郎やあいの銅像

金剛禅総本山少林寺

「一太郎やあい」の銅像は、日露戦争に多度津港から出兵する我が子に無事に帰って来て欲しいという願いをこめて手を振っている母親の像として有名です。

これを見るたびに、引揚船で帰ってくるはずの息子を舞鶴港で待つ「岸壁の母」の姿が思い起こさせられます。

また「少林寺拳法」の本部は、現在に至るまで、学校が休みになると日本中から生徒が多数訪れ、稽古に励んでいます。

さて、秀男が下宿していた家は海の近くにあり、窓を明けると直ぐ下が海でした。私が「今日は魚が食べたい」というと、友人は直ぐに家の裏から釣り竿を出して来て、家の庭から海に釣り竿を出していたものです。

そして直ぐに、アイナメ、メバル、カワハギ等を簡単に釣り上げて、台所で料理して焼いてくれました。

この当時、多度津ではたくさん魚が手に入り何時も新鮮な魚が食べられました。

こうした気ままな多度津での下宿生活により、あっという間に一年が過ぎました。下宿でお世話になって一年が経とうかという頃、私はそこから引っ越さなければならなくなりました。友人は高松へ転勤することになったのです。

秀男は、今度は同じ高校の数学の先生で、善通寺の自宅から通勤している友人宅に下宿させてもらいました。

善通寺は琴平と多度津の中間にあり、丸亀の勤務先からは同じぐらい、四キロ半ほど離れていました。自転車通勤は結構大変でしたが、それでも自転車通勤を続けたのは健康を考えてのことでした。

ちなみに、勤務先の高校は善通寺からの通学生が多く、男子はほとんど自転車通学でした。若い学生達にはさすがにかなわず、教師なのにいつも追い越されてばかりいたのも良い思い出です。

ところで、善通寺市は、地名の由来である善通寺と、自衛隊の駐屯地があることで全国に知られております。

そこには、陸上自衛隊第十四旅団が駐屯していました。日露戦争では二百三高地、太平洋戦争ではインパール作戦と、激戦地で日本を守るために貢献した部隊と縁があるといわれています。

また、善通寺と縁の深い軍人に、乃木希典陸軍大将がいます。乃木大将は明治三十一年に善通寺に新設された第十一師団長として赴任し、金蔵寺町内の四国八十八箇所七十六番札所、金倉寺を宿舎としていました。

余談ですが、四国八十八番札所は真言宗のお寺ばかりだと思っている人が多いかもしれません。しかしこの金倉寺は最澄の天台寺門宗であり、この他にも真言宗でないのは八個あるようです。

日露戦争では旅順攻略に成功し、日本の勝利の貢献者といわれる彼に関する逸話がこの地には残されています。

妻返しの松

代表的なのが、乃木大将が二年八ヶ月間過ごした金倉寺の境内に残されている「妻返しの松」という松に関するものです。ある年の大晦日のこと、東京から夫を心配して奥さんが面会に来ましたが、会わずに追い返したのだそうです。

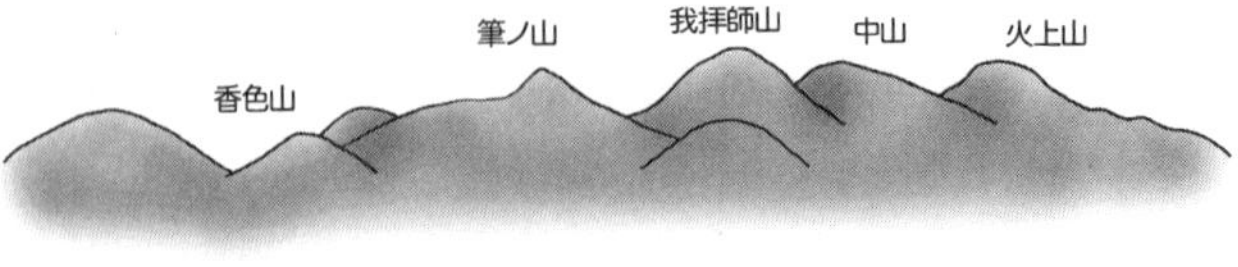

五岳山の山容

途方にくれた奥様は、しばらく境内の松の木の傍にたたずみ悲しんでいましたが、やがて夫の意をくんで東京に帰って行きました。明治の軍人の気骨をしのばせる逸話として語り継がれ、夫人がたたずんだ松は今でも「妻返しの松」と呼ばれ、大切に保存されています。

そして、もう一つこの地を有名にしているのが「善通寺」です。善通寺のお寺の正式の名称は「屏風ケ浦五岳山誕生院善通寺」と号し、弘法大師（空海）誕生の地として、全国的に知られております。

「五岳山」はお寺の西にそびえる香色山、筆ノ山、我拝師山、中山、火上山、の五岳に由来し、その山々があたかも屏風のように連なることから当地は「屏風ケ浦」とも称されました。

四国最大規模の寺院であり、伽藍は創建地である寺院と空海の生誕地とされる西院（誕生院）に分かれた広い境内を有しております。

その広い境内には、市民のシンボルとして親しまれている五重塔があります。この塔は四国最大の塔で、高さは四十五メートルあり、全国木造五重塔の中でも、三番目の高さを誇る、とても立派なものです。

この五重塔は空海が唐より帰国した八〇七年に建立し始め、八一三年に落成したといわれています。

その後、一八四〇年に焼失してしまいましたが、再建され一九〇二年に完成。その後一九九一年に大修理され、現在の五重塔は四代目です。

善通寺という名称は、弘法大師の父親の佐伯善通《よしみち》にちなんで名付けられたといわれています。

お寺の建立の際には中国の長安・青龍寺を模して建てられ、空海の中国の経験が生かされております。また、このお寺は京都の東寺、和歌山の高野山と並ぶ弘法大師三大霊跡の一つとして、古くから篤い信仰を集めていました。

偶然にも秀男が下宿した家が善通寺の近くだったため、こうした弘法大師にまつわる話を聞く機会が多々ありました。秀男は空海にしだいに興味を持ちはじめ、もう少し勉強してみることにしました。

空海は、日本に密教を伝え、真言宗を開いたことで有名です。

西暦八〇四年、まだ修行僧だった空海は三十一歳で留学僧として中国の唐に渡ります。

善通寺の五重塔

空海生誕の場所に建てられた御影堂

この遣唐使一行の中には当時すでに高僧の地位についていた、後の天台宗の開祖、最澄もいました。

長安に入った空海は恵果《けいか》和尚の元で密教を学びます。ところが、あまりにも優秀だったために、二年程で「もう教えることはない。それより早く日本に帰って、密教を教えなさい」と、恵果和尚から告げられ、日本へ帰国しています。

その後、修禅の道場として、高野山金剛峯寺を開創。真言密教を広め、真言宗の基盤を確立したといわれています。

空海は数え切れないほど世の中に貢献していますが、その中でも特に尽力したことで有名なのが土木事業です。洪水のたびに決壊していた日本一大きい農業溜め池である満濃池の改修工事に尽力された事は有名です。

数々の偉業を成し遂げた空海ですが、まだ解明されていないところが多い人物であり、謎がたくさんあります。ここでは三つにしぼりご紹介させていただきます。

第一に生誕地の謎。現在は善通寺が通説となっています。ところが、江戸時代までは多度津の白方にある屏風浦海岸寺だと考えられていたようです。当時の遍路の人々も、この寺を参拝するのが一般的であったといわれています。

海岸寺のある多度津の地は、空海の母の氏族である阿刀《あと》氏が領主でした。一方、父の氏族である佐伯氏の氏寺が善通寺です。

海岸寺は、その名の通り海に面した場所にあり、空海の産湯を使ったという井戸や母の屋敷跡だった仏母院も残っております。

江戸時代に空海の生誕をめぐって、江戸幕府の寺社奉行を巻き込んでの論争が起きました。そこで海岸寺が敗訴したため、善通寺が空海の誕生の地として確定されたようです。

第二に、誕生日の謎。実は空海の正確な誕生日は不明なのです。一般には六月十五日とされています。これは中国密教の大成者である「不空三蔵」入滅の日でもあり、空海が生まれ代わりではないかとする伝承からくる説のようです。

第三に、名前の謎。空海という呼び名にも次の様な説があります。

幼名は真魚でした。二十一才になり、高知の室戸岬の御厨人窟《みくろど》で修行していた際に、口にいきなり明星が飛び込んできたという逸話があります。御厨人窟は海岸線よりも上にあり、洞窟の中で目にしていたのは空と海だけであったため、それが空海になった瞬間だったといわれているのです。

空海は八三五年の三月二十一日、高野山にて六十二才で入滅（入定）。それから、八十六年後の九二一年に醍醐天皇から「弘法大師」の諡号《しごう》が与えられました。

さて、空海と同じ頃に中国へ渡り、同じく仏教の教えを広めた人物がいます。それが、最澄です。最澄は空海のライバル的な存在であり、空海の成長には最澄の影響があったといわれています。

二人とも、すべてが順風満帆であったかといいますと、そうではありません。二人とも何度も中国の唐に渡っていましたが、その度に日本海の荒波に悩まされていました。

当時の船は小さい木造船です。波に飲み込まれて船が沈没してしまうことは日常茶飯事であり、まさに命がけの船旅だったことは想像に難くありません。

ある年には、四隻の遣唐使船が出発しましたが、途中で大時化《しけ》にあいました。空海の船、最澄の船だけが無事到着し、あとの二隻は遭難して、多くの人が亡くなったという逸話もあります。なお、無事に到着しても、中国で海賊に間違えられることもあり、目的地に着くのに何ヶ月もかかっていたようです。

また、空海は、当時の三筆「空海、嵯峨天皇、橘逸勢」に数えられています。「弘法も筆の誤り」という有名な格言があります。これは、空海が勅命を得て、大内裏應天門の額を書く際「應」の一番上の点を書き忘れ「まだれ」を「がんだれ」にしてしまったことが由来といわれています。

それを知らされた空海は、高所にあったその額を降ろさず、なんと上に向かって筆を投げつけ書き直したといわれています。

○まとめ

俗名（幼名）佐伯真魚《まお》　宗派　真言宗
法名　教海↓如空↓空海　生地　香川県善通寺
法号　偏照金剛　没地　高野山（六十二才）
諡号　弘法大師　師　恵果《けいか》

こうした空海との縁が強い善通寺には、一番印象に残っていることがあります。毎年二月という極寒の時期に催されていた、総本山善通寺の伝統行事である大会陽《だいえよう》「裸祭り」です。会陽の起源は大化の改新（六四五年）で知られる藤原鎌足が奈良の興福寺で営んだ維摩会《ゆいまえ》がモデルだそうです。それを脚色して観光行事に仕上げたのが「裸祭り」であり、約四百年のもの長い歴史があるそうです。

「裸祭り」はとても迫力のある祭りです。光に浮かぶ五重塔の二階から投げ落とされる宝木をめがけて、十重、二十重の裸男達が、右へ左へうねる。裸男二千人、観衆二万人という大イベント、この迫力ある光景は、今でも目に焼き付いています。

この行事を別名「フクバイ」ともいいます。これは、「福奪い」すなわち、一年の福を奪い合う行事です。

毎年、二月になると、同僚に誘われてこの「裸祭り」を楽しく見学したものでした。しかし、この「裸祭り」は今では若物不足で中止されています。岡山県の西大寺の会陽のように、いずれは復活して欲しいものです。

さて、空海の母親の居住地である海岸寺は、秀男にとって思い出深い地です。近くの海水浴場には、日曜日や連休になると、遠くから家族連れや観光客がたくさん訪れて、大変賑わっていたものです。

あさりがたくさんいるなど自然が豊かなため、海水浴シーズン以外も、潮干狩などができる環境でもありました。

こうした環境だったために、教師に赴任した頃の海岸寺には広い講堂があり、町内の小学生や中学生が合宿所として利用していました。

秀男は、自ら企画して勤めていた高校の勉強合宿を海岸寺で行ったことがあります。香川でも屈指の進学校だったため、多くの生徒が大学進学を目指しており、春休みや夏休みといった長期休暇の折には、勉強合宿が定番となっていました。

勤務して二十年目の年、秀男は高校三年生を任されました。それで迷わず海岸寺を選んだのでした。

海岸寺

合宿には高校三年生全員が参加し、一週間の勉強合宿に入りました。一週間缶詰状態でしたが、受験勉強だけでなく、和尚に相談して精神統一のために早朝の座禅や法話、説教をしていただき、空海についてのお話も色々していただきました。
また、息抜きで一日だけ海水浴や潮干狩も行いました。
合宿の最終日には、空海の母親の屋敷跡だった仏母院や産湯を使ったと伝えられている井戸等、お寺の外部の色々な建物を見学し、生徒達は空海へ改めて尊敬の念を抱いたようでした。

この合宿がうまくいったのか、この学年の進学成績は例年より抜群に良かったことは、秀男の教師人生における誇りの一つです。

ただ、残念なことに、当時のきれいな海岸の面影は今では少なくなってきています。

(五) 金刀比羅宮

善通寺に下宿してから、弘法大師の勉強をしたことで、秀男は金比羅宮にも興味を持つようになりました。

週末には隣町の琴平に友人とよく、自転車でサイクリングに行きました。

金刀比羅宮は琴平町の「象頭山《ぞうずさん》」の中腹に鎮座する神社です。明治元年に明治新政府が改革の一環として神仏分離対策が行われる以前は、金刀比羅大権現と称され「讃岐のこんぴらさん」の呼び名で有名でした。古来より、漁業、航海、五穀豊穣、商売繁盛、金運等の広範囲な神様として、全国津々浦々より信仰を集めています。

「こんぴら」という変わった響きのある名称を調べてみると、金刀比羅宮はインドと関係が深いという意外な発見があります。

まず挙げられるのが「こんぴら」の語源はサンスクリット語の「クンビラ」だという説です。これはカンジス川に住むワニが神格化された、護法善神金比羅の神験に由来しています。

さらに「象頭山」という名称もインドとの関係があります。琴平街道から眺めた山容が象の頭のように見え、その目に当たる部分に金刀比羅宮があります。その象のような姿が、インドにある山と形が似ているのが名称の由来です。

象頭山は本来「日和山」といい、船を出すかどうかを判断する際に日和りを見るために利用され、瀬戸内海を航行する船乗り達の目印でした。

海に生きる人々の海上安全を願う信仰は今でも受け継がれ、大切にされています。現在も、新しい船をつくる際には船主は金刀比羅宮に参拝し、船の絵馬を奉納するのが習わしになっているそうです。

江戸時代、庶民の旅行は禁止されていましたが、神仏への参拝の場合は例外でした。「お伊勢参り」が有名ですが、金比羅宮も人気は高く「一生に一度は金刀比羅さんにおいでよ」といわれていたようです。

しかし、電車も車もなく参拝の旅は歩くしかない長旅です。そのため、他の人に代理参拝してもらう「代参」も広く行われていました。

なんとこの「代参」は飼い犬が行うこともあったのです。

このような代参犬を「こんぴら狗《いぬ》」といいます。

飼い主は自分の住所などを記した木札と、初穂料や餌代などを入れ「こんひら参り」と書いた袋を犬の首にさげます。そして、讃岐方面へ向かう旅人に「こんぴら狗」を託し、旅人や街道・宿場の人々のサポートを受けながら金刀比羅宮まで連れて行ってもらうのです。

「代参」を済ませ、お宮で「御神札」を首の袋に入れてもらうと、犬は再び街道筋の人々のお世話になりながら飼い主の元に戻り「代参」の役割を終えます。

実際、金刀比羅宮へ登る階段の途中には「こんぴら狗」の像があります。

「代参」は幕末まで続き、幕末の侠客「森の石松」の逸話は講談や浪花節で残っています。

石松は親分である清水次郎長の代参に訪れ、その際に、次郎長から預かった刀「五字忠吉」を奉納するように頼まれていました。

「五字忠吉」は清水次郎長が恩人の敵討ちを金刀比羅宮に祈願した後、見事討ち果たした際に使用していた刀でした。そのお礼参りのためだったのです。

しかし、森の石松は本宮に上がりきる前に、境内の途中にある旭社へ奉納して帰ってきてしまいました。

旭社は大門をくぐって、道なりに歩いた先にある非常に大きな建物であり、森の石松以外にも、本宮と間違う方はたくさんいるそうです。

「五字忠吉」は金刀比羅宮の宝物館に今でも保存されています。


「金刀比羅さん」は地元でも親しまれています。

秀男の勤務していた学校でも春の遠足の定番であったり、秋の運動会のトリが全員での「金刀比羅船々音頭」であったりと、折に触れて関わりがありました。

「金刀比羅さん」といえば「石段」を思い浮かべる方は多いことでしょう。

参道から本宮までは長い石段を上る必要があり、その段数は七八五段もあります。さらに、奥の院（奥社）までとなると一三六八段だそうです。この石段の数には諸説があり、本宮までは七八六段だという指摘もあります。

七八六段だった場合、語呂合わせで考えると「なやむ」になってしまいます。石段を上がるのを「なやむ」となってしまうため、下り石段を使って意図的に、七八五段にしているとのこと。これはあくまで噂で、真実かどう分かりません。

地元では「こんぴらさんは悩みをおとしてくれる」という言い伝えられておりました。

春の遠足に行った時には、秀男は生徒から「先生、奥の院まで行くと、二倍のご利益《りやく》があるよ」と煽《おだ》てられ、行ってみたことがあります。

まだ新任の若い頃でしたが、途中で足が痛くなり、大変な目にあったことは忘れられません。それ以来、いつも本宮まででストップしているのです。

本宮までの石段の途中には、江戸時代から受け継がれているものがたくさんあります。

本宮まで上りきり、大門を抜けると、まず五つの白い大きな傘が目につきます。

この傘の下では黄金色をした「加美代飴」が販売されておりました。七百年も前からあるといわれる、扇状の飴です。柚子がほのかに香る優しい味で、小さなハンマーで砕いて食べるのが一般的です。食べながら奥宮への石段を上ると、疲れが直ぐ取れて、快適になります。

この傘のお店は境内での商売を許可されている特別なお店であり、通路の両側に三軒と二軒に分かれて並んでいました。

古くから金刀比羅名物であった「加美代飴」を売っているこのお店が「五人百性」と呼ばれる人々です。

「五人百性」とは御宮の神事にて特別な役目を担う存在です。先祖が御祭神の供養を行っていた功労により、特別に境内での営業を許されています。

「加美代飴」は金刀比羅宮のイメージカラーと同じ、黄色の包装が施されます。

秀男には、この飴に思い出があります。

ある時、お店の前を通過しようとし、ふとお店の女性と目が合いました。

その方から「あら、先生お元気ですか」といわれて、お互いにびっくりしたものです。

実は、長い間担任した生徒の保護者だったのです。

それまでにも二十回以上は参拝し、何度もこのお店の前を通過しているはずです。それなのにまったく気が付かず、大変な失礼をしてしまったと反省しきりです。

（六）丸亀の下宿生活

善通寺で数年過ごした後、秀男は勤務先の高校から一キロメートルほどの丸亀市津の森町へと下宿を移しました。下宿先は専業農家だったため、食事は下宿先のおばちゃんが作いました。
る野菜が中心でした。新鮮な野菜を使ったその食事は、とても美味しかったことを覚えています。

下宿先には他にも同じ高校の教師が住んでいました。その人は大山先生といい、四十代の国語教師です。勤務先は進学校だったこともあってか、教員の中には有名大学の出身者も多く勤務していました。大山先生もご多分に漏れず、東大出身の先生です。

この大山先生は非常に勉強家で、トイレでも食事中でも、常に本を手放しませんでした。生徒からの信頼も篤く、休日には自分の部屋に生徒を招き、勉強を教えたり、色々な自分の専門分野の話をしておりました。

しかし大山先生は一風変わったところのある先生でした。部屋に生徒を招く時、布団は敷いたままです。

生徒をその上に座らせて「果物や野菜は体に良い」と言いながら、蜜柑、林檎、胡瓜、西瓜などを「皮ごと」自ら食べて見せていたのです。生徒は笑って見ているだけで、誰もそのままでは食べられませんでした。

また、大山先生は究極の自炊派でした。なんとその食材は田畑や小川からとってきた食用蛙、ザリガニ、ナマズ、スッポンだったのです。それらを捕まえてきては料理していたため、下宿の他の方は、あまり良い感じには思っていなかったことでしょう。

それからほどなく「野菜は十分食べた。今度は美味しい魚が食べたい」といって少し離れた島へ引っ越されました。

丸亀港からフェリーで約三十分離れた、塩飽《しわく》水軍の郷として知られている本島にある正覚院です。

正覚院は本島の海抜二百メートルほどの頂上にあり「山寺さん」としても親しまれています。渡唐前には空海が不動尊を刻んだ場所とされて、お参りすると願いが叶うというパワースポットにもなっています。

当時、正覚院から学校まで通勤するには、おそらく二時間近くかかっていたはずです。

しかし大山先生は一度も遅刻することなく、出勤しておられました。

引っ越しをされてしばらくした頃、大山先生に「住み心地は？」と秀男が尋ねると「とても良いですよ」とのこと。

「お寺だから朝は早いですが、山の頂上から眺める最色はとても快適です。鳥のさえずりがよく聞こえるし、何ともいえない静寂感が好きですね」と言いながら「秀男君もおいでよ」と朗らかに返してくれるのです。

ですが、学校までの距離が遠い下宿なため、丁重にお断りしました。

大山先生は二年間正覚院で過ごし、奈良県の有名進学校に転勤していきました。とてもユニークで学ぶところも多く、もっと一緒に働いていたい先生でした。

さて、いっぽうの秀男の下宿は高校から近すぎたため、自転車通勤だけ十分な運動ができなくなってしまいました。運動不足解消のために始めたのが、週に一度、丸亀城の周囲のジョギングです。

丸亀城は亀山という山の上に立てられたお城であり、日本百名城の一つに数えられています。山を遠くから見ると亀がまるく伏せて見えることから、そう名付けられたそうです。

丸亀城には日本一のものが三つもあります。①総高六十メートルの石垣、②小さい三重三階の天守、③深さ六十五メートルの井戸、です。

創建は戦国時代にまで遡ります。築城当初は、豊臣秀頼から讃岐国を与えられた生駒親正によって建てられた、高松城の支城としてのものでした。

しかし、徳川幕府が公布した「一国一城令」のために、丸亀城は一時廃城を余儀なくされました。その後、山崎家治が再建を果たし、以後明治まで京極氏が城主となり、今に至っ

丸亀城

丸亀城の石垣

ています。

丸亀城には二つの悲しい伝説があります。

その一つが、石垣にまつわる伝説です。

十七世紀半ば、江戸時代初期の丸亀城は廃城同然の状態でした。その丸亀城の再築を山崎氏から任されたのが石工・羽坂重三郎です。

高さ六十メートルの日本一の石垣。羽坂こそ、これを築いたその人です。

上部はほぼ垂直となる絶妙な角度で反り返る曲線を描くその美しさは「扇の勾配」と呼ばれるほど、素晴らしい出来栄えでした。

ただし、城は要塞的な役割がメインです。「この石垣なら、いかなる敵にも攻められないだろう」と城主は気を良くし、家来達に試しに登らせてみました。案の定、誰一人登れません。

そんな中、名乗りを上げたのは石垣を作った本人である羽坂でした。

「短い鉄の棒さえあれば私が登って見せましょう」というやいな

や、あっという間に登り切ってしまったのです。

困惑したのは城主です。「万が一この石工が敵方に寝返りでもすれば、簡単に敵方に落とされるのではないか」と羽坂の存在を危惧しはじめました。

そこで城主は、羽板に二の丸井戸の修理を命じます。井戸の底に降ろして上から石を落とす口実でした。これで羽板を殺してしまったのです。

それ以来、この井戸には殺された石工の霊が出る、火の玉が見えたという噂が絶えなかったそうです。

悲しいお話がもう一つあります。「人柱伝説」です。

築城の際、石垣の工事が難航したそうです。これを打開するために人柱を立てた、というものです。

一人の豆腐売りがいました。ある雨が降る夕暮時、豆腐が売れないために、普段は通らないお城の工事現場付近をたまたま通りかかりました。そこで捕えられ、無理矢理に人柱として生き埋めにされてしまったのです。

石垣は無事完成しました。ですが、雨が降る夜には、石垣の辺りで「トーフ♪、ト～フ

見返り坂

丸亀城の二の丸井戸

〜」と、豆腐売りの声が聞こえてきたといわれています。

こうした悲しい伝説が残る丸亀城ですが、市民からは市のシンボルとしてとても大切にされています。平成に入ってからは、江戸時代の美しい姿を完全に甦らせることを目指し、復元に向けた動きが続いています。

山上には天守を中心に十一棟の隅櫓《すみやぐら》やそれをつなぐ渡櫓《わたりやぐら》などが連なり、石垣の上に白壁の建物が巡る外観を誇っていました。また、城内の北西部の資料館がある辺りには藩主御殿があったそうです。

それらは火事で消失したり、廃城の際に壊されてしまっています。復元しようにも元の写真がないと建物の高さや周りの状況が分からず、文化庁の許可がおりないのだそうです。そのため市は「当時の姿を残した写真がないか」と懸命に探しています。

また、大手門から天丸に向かう道は、「見返り坂」と呼ばれています。傾斜がきつく長い坂のため、時々後を振り返りたくなることからこの名称が生まれたそうです。

また、この立派なきれいな坂をそのまま放っておくのはもったいないため、最近では、年に一回この「見返り坂」を利用して、兵庫県の西宮神社に肖って、丸亀城福男選手権を行っているとのことです。

秀男は見返り坂に、楽しい思い出があります。

丸亀に赴任して、三年目か四年目の頃。珍しく大雪に見まわれ、このお城に二十センチメートル程積もったことがあります。

もちろん学校は休校。そこで秀男たち先生は一計を案じます。市内のスポーツ店に赴きスキーの道具を借りてきたのです。その先生方と一部近くに住んでいた生徒を巻き込み、即席の「スキー大会」が開催されたのでした。

上手な人は傾斜十度ある中程から上手に滑っておりましたが、秀男はスキーを経験するのはこれが初めてです。そのため坂の上には行かず、下の平らな所でなんとか滑ることができました。

秀男が知る限り、丸亀で雪がたくさん積もったのはその一度きりでした。

（七）沙弥島の思い出

秀男が赴任するより前、昭和四十年代以前の丸亀から坂出の海岸は、広い塩田で覆われていました。

時代とともに塩の製造方法が進化する中、塩田で行う従来の方法から電気を流して製塩するイオン交換樹脂膜法に切り替わり、広大な塩田は不要になりました。天候に左右されず、経済的にも効率よく優れた塩が生産できるようになったからです。

そこで、香川県では、使用しなくなった塩田の土地をどのように有効活用するのか検討しはじめました。

こうして事業が始まった一九六四年は、日本は高度成長期に入っていた時代です。船は以前よりも大型化され、備讃瀬戸航路拡張の必要に迫られておりました。

そこで、注目されたのが、坂出市、宇多津町にまたがる塩田跡地でした。

なかでも、坂出港沖の「番の州」と呼ばれる浅瀬です。

実は番の州開発の構想はもっと以前の昭和二十五年（一九五〇年）頃から検討されていたそうです。しかし、資金計画などが課題となり、長年埋め立て工事は実現できませんでした。

その解決策として、工事は三期に分けられました。

また、備讃瀬戸航路の浚渫《しゅんせつ》とあわせて取り組むことで、番の州は備讃瀬戸航路の浚渫土砂の捨て場とされました。浚渫の拡張と埋め立て地の造成との一挙両得の事業だったのです。

従来法では、掘り出した砂礫《しゃれき》を船に一旦積み、わざわざ運んで来てもう一度下ろす埋め立て方式です。

しかし、この時は違った方法が採用されました。

直径四十センチメートル、長さ数百メートルという巨大なホースで一気に砂礫を吸い上げるという方法です。技術、文明が発展したからこその力といえるでしょう。

それでも、広い番の州をすべてを埋め立てるには、相当の年数を費やしたようです。こうして、六一九ヘクタールの広大な番の州の埋立地が出来上がりました。

さらに、沙弥島と瀬居島の塩田もこの順に埋め立てられ、陸繋島《りくけいとう》になりました。

その後、番の州には続々と日本の大手企業の造船会社や、石油会社、電力会社等が進出し、日本有数のコンビナートに変身しました。

また、最初に埋められた場所には瀬戸大橋につなぐ高架橋の巨大な橋桁が次々と建設されていきました。

秀男には、番の州にも思い出があります。

浚渫や埋め立ての影響で、大きな池が一つ出来ておりました。

その中には多くのプランクトンや小魚が入っており「鰻が釣れる」と噂になり、たくさんの人で賑わっていました。

秀男も、気分転換に、度々釣りにでかけました。

ある日、必死に竿を入れていた二人の中学生に出会いました。二人は友人のようでした。

釣り竿を持つ中学生に対し、側にいる友人が「竿を早く上げないと、浮きが沈んでいるよ」と騒々しく言いました。

中学生は急いで、持ち上げましたが、運悪くもう少しのところで鰻を落としてしまったようです。すると、もう一人の友人は「〝ほっこ〟やの～。ように浮きを見とらんかな」と注意しました。

秀男は「ほっこ」という聞き慣れない讃岐弁の意味が分からず、思わず

「ほっことはどういう意味ですか？」

と聞くと中学生は首を傾げ
「知らんの、お兄さんは香川県の人と違うの」

と聞き返してきました。

「私は高知県出身者です」

「それは無理や。ほっこは阿呆という意味ですから」

とその中学生は教えてくれました。

しかし、傍で聞いていると標準語の「阿呆」という言葉よりは温かく聞こえます。

中学生が話しているのを聞いているうちに讃岐弁に興味を持ったので、魚がかかるのを待つ間、他に変わったものはないか聞いてみました。

すると語尾に「な」や「の」をつける場合が結構多いとのこと。幼い子どもでも使用するため、最初は少し生意気に聞こえましたが、慣れると可愛く聞こえます。

また、その他には、次の様な方言を教えてくれました。

たとえば「なんか出来よんな」→「何が出来ているのですか」、「まつついやの」→「そっくりだね」、「やめまいよ」→「やめなさい」、「さいあがる」→「ふざける」、「それかしてっか」→「それをかして下さい」等、人懐こく聞こえます。

すると、中学生が「お返しに土佐弁を教えて欲しい」というので、例を上げてみると「のうが悪い」→「調子が悪い」、「じゅうが悪い」→「使い勝手が悪い」、「こじゃんと」→「たくさん」、「使われちゅう」→「使われている」、一番分からないのは「ほんまにまっことたまるかな」→「本当に大変ですね(驚嘆した時)」と教えてやると「難しくて覚えられんわ」ということでした。

一方、秀男の釣果は大漁でした。「鰻は川にだけいるもの」と思っていたため、海水の池の中にたくさんいたことにたいそう驚いたものです。

鰻が釣れた場所から三百メートル程西へ行くと、埋め立てが終了したばかりの沙弥島がありました。

沙弥島には、旧石器・縄文・弥生時代の遺跡や古墳が数多く散在しており、沙弥ナカンダ浜遺跡もあります。文学碑も多く、その中の一つに柿本人麻呂の記念碑があります。

柿本人麻呂は飛鳥時代の有名な歌人です。人麻呂は朝廷の使者として讃岐国を訪れたことがあります。沙弥島につくと、島には「石中死人」がありました。これを見た人麻呂は亡くなった人達の心情を思い、作歌したと伝えられています。その歌を記した記念碑なの

千人塚

柿本人麻呂の碑

です。

人麻呂は讃岐を賞賛し「玉藻よし讃岐の国は国がらか見れども飽かぬ……」という長歌を残して次の島に旅立ったといわれています。

沙弥島は、陸続きになる前までは三キロメートルほど離れた坂出まで船で買い出しに行かなければなりませんでした。

埋め立てられたことで時間も短縮され、非常に便利になり、観光客も増えたそうです。ナカンダ浜の南西側には海水浴場があり、夏には丸亀や坂出方面からの海水浴客も簡単に訪れるようになったため、とても賑やかになります。

瀬戸内海では九月から十一月までが、一年間で一番の釣りシーズンです。特に沙弥島は、魚がたくさん集まるようでした。

カレイの本場として知られていたため、秀男は九月始めの日曜日にカレイ釣りに訪れました。釣りにはポイント選びがとても大切です。たった二メートル外れても喰いつきがまったく違ってしまいます。しかし、この時は初めて訪れたため、ポイントがはっきり分からず、手探り状態で場所を選んで竿を入れました。

その日は天気も快晴で、汐順も良かったため、良い釣果を期待しておりました。

釣り竿を入れてから三十分ほど経った頃、一人の若い女性が近くの海岸を散歩しておりました。

年齢は二十才前後、とても色白で、今まで見たことのない、とてもきれいな女性でした。

見惚れている間に、竿がしなり、慌てて釣り竿に意識を集中させました。見事、カレイが釣れ、もう一度と、竿を海に降ろします。

夢中になっている間に、娘さんは何処かへ消えてしまいました。

この日はカレイが三枚、チヌが一匹で、手探りの釣り場にしてはまずまずの釣果でした。

夕方になり、丸亀の下宿に帰りましたが、その帰途は、昼間に見たきれいな娘さんのことで頭が一杯でした。

沙弥島は「神の島」といわれています。

「もしかしたらあの娘さんは天女だったのかも知れない」

そんな独り言をいいながら秀男は自転車をこいでいました。

それから半月後の九月の半ば、秀男は再び沙弥島に釣りに行きました。

午前中から釣りはじめ、お昼になってはじめて気付きました。弁当がないのです。

「今日は魚も釣れないし、この間の娘さんも現われないし、面白くないなあ」

そう思いながら、しかたなく近くのお店へおにぎりを買いに行きました。すると、六十才前後の女性が店番をしており、その女性が話しかけて来ました。

「此処が空いているから、ゆっくり食べていきな」

そう讃岐弁で話しながら椅子を持ち出して来てくれたのです。そこで、遠慮なしにおにぎりを食べていると、その女性が、

「ところで、お宅は何処からお出でなのですか」

と尋ねられ会話が始まりました。

「カレイがよく釣れると聞き、丸亀から自転車で来ました」

「そうでしたか、遠い所からご苦労様です。夏は海水浴客が多いので、その時はこの店も繁盛するのですが、今はシーズンオフなので、暇なんですよ」

何気ない話を続けながら、秀男はふと先日見たきれいな娘さんのことを思い出しました。島の人であれば知っているかもしれません。

しかしその女性は首を傾げてしまいました。

「私は元々この島の人間ではなく、十年前に主人の転勤で金沢からやって来たので、詳しい事は分かりません。ただ、色々と奇妙な話を聞いた事があります。この島にはそんな美人はいないので、島外の人ではないですか」

確かな消息はわからず、残念でしたが仕方ありません。

店番の女性は随分話が好きなようで、秀男にどんどん質問してきました。

「お宅は何処にお勤めなんですか？」

「丸亀にある高校で、数学の教員をしています」

「先生は安定しているし、仕事が安全で宜しいですね」

そう頷くその女性に、今度は秀男から質問してみました。

「お店はお一人でされているようですが、お宅は何人家族ですか？」

「私の家族は元は主人と娘の三人暮らしで、主人は公務員でした。でも、五年前に主人が事故で亡くなり、今は娘と二人暮らしです」

女性は寂しそうな表情を浮かべながら返答してきましたが、すぐに気丈に振る舞い、その娘さんのことを教えてくれました。

「実は、うちの娘は二十三才にもなって、もう結婚の適齢期なのに、全くその気がないのですよ。内気な性格で、男の人に話しかけるようなことができない性格なんですよ」

娘を思う母親の現在の心境がよく理解できる話し振りでした。なんやかんやと話す女性に相づちをうちながら、何故か秀男は、自分にとって関係ない話でもないような気になっていました。

そうした熱の入った話に夢中になり、気が付くともう午後三時になっていました。その日は結局、釣りには戻らず、また出直して来ることにしました。

その一週間後、秀男は釣りを名目にして、お昼前に沙弥島に行きました。

先日同様、あのお店へパンとおにぎりを買いに行きました。

すると、店にいたのは以前の女性だけではありませんでした。

妙齢の娘さんが、笑顔で「いらっしゃい」と挨拶してくれたのです。

その娘さんは、一ヶ月前に出会った彼女のようにとても美人でした。前回と同じ椅子が差し出され、再びよもやま話がスタートしました。お母さんのほうからの
「この島には小、中学校しかなく、高校以上は本土（坂出側）に行かなくてはなりません。船で通うには距離が遠過ぎるので下宿するしかないのですよ」

という言葉に続いて、今度は娘さんがさらに説明してくれました。

「父はこちらへ来た頃から私の将来を考えて、高校のある丸亀と坂出のどちらの高校にも行ける中間の宇多津に小さな家を借りてくれていたので、今はその家からお勤めしているんですよ」

するとと母親が
「娘が車に乗れれば、家から勤めに行けるのですが、自転車しか乗れないので、一週間に一度しか帰って来れないんです」

と話してくれました。

パンとおにぎりをいただきながら、二人の話を聞くのはとても楽しい時間でした。食べ終わるとお礼をいって、海岸へ釣りに行きました。

それからしばらくした後、釣りをしているとお店の娘さんが何か持ってやって来ました。

「釣れますか？　これをどうぞ」

そういって差し出してくれたのはジュースでした。

「有難う」といってジュースを飲み干しました。その後もしばらく娘さんは秀男の横にいたため、緊張して釣りどころではありません。

そうして一緒にいるうちに夕方になり、帰る準備をしていると、娘さんは自転車置場まで送ってくれると申し出てくれました。自転車置場までは三百メートルほどあり、遺蹟のある小高い山を越えなくてはなりません。

小高い山の頂上に着きました。

松の間からきれいな満月が見えます。「ザーザー」と松風の音と波の打ち寄せる音が心地よく聞こえきました。まさにロマンチックな気分です。

このような同じ満月を千三百年前の歌人、人麻呂もこの付近で見上げて妻を偲んでいたのかもしれませんね。

一緒に歩いている間は、お互いの勤務先と田舎のことが話題になりました。娘さんは「地方公務員で、福祉関係の仕事をしている」とのことでした。

また「田舎は金沢のお城の近くで、小学校時代はそこで過ごし、中学校からこちらに転向してきた」ことも教えてくれました。

まるで前からデートを繰り返している間柄のような、とても心地の良い雰囲気でした。とても好感が持てる女性だと感じました。

自転車置場へ着き、なんだか惜しい気持ちになったものです。

「それではまた、二週間後、釣りに来ます」

「次は美味しいものを用意しておくからね」

こんな会話を交わしながら、手を振って別れました。

秀男は自転車で帰りながら、内気な娘さんがどうして親切だったのか、疑問に思いました。もしかしたら、母親から何かしらアドバイスされており、それが影響しているのではないか。そんな風に思いました。

その後の二週間、秀男は娘さんのことで頭がいっぱいになってしまい、あまり仕事が手に付きませんでした。

その当時、秀男は高校一年生の担任を任されておりました。土曜日以外毎日七限授業で、とても多忙でした。七限授業の後は清掃の監督もあり、その際には生徒達と色々と世間話をしたものです。

担当の教室は四階建ての最上階にあり、瀬戸内海の島々が物凄くきれいに見えていました。清掃の合間に瀬戸内海の方向を眺めていると、三人の女子生徒がやって来て、ドッキリとすることを言い出しました。

「先生、最近、瀬戸内海の方ばかり見ているけど、何か良いことがあったんですか～」

と勘ぐるように尋ねてきたのです。

「瀬戸内海は何時見てもきれいやね」

そう当たり障りのない返事をすると、もう一人の生徒が尋ねてきました。

「先生、この学校に来て何年になるのですか？」

「五年目かなあ」

「やっぱり変よね、先生も年頃だから、無理もないけどね……」

そういって何か意味ありげに笑っておりました。

それから二日後に、沙弥島のお店の母親から、一通の手紙が届きました。急用のため、約束を一週間遅らして欲しいと書かれていました。

何があったのだろうかと心配しつつ、手紙で連絡をもらった通り、三週間目に島に行きました。

すると、お店は閉まっており、中には人がいる気配もありません。

もしかして日にちを間違っただろうか。

そう思いながら待っていると、お店の隣の奥さんが家から出て来ました。

「四日前に娘さんが倒れて救急車で運ばれ、坂出の病院に入院しているみたいですよ」と教えてくれました。

　秀男は母親と連絡を取ろうとしましたが、難しい状況でした。

　半日掛かってようやく病院を捜し当てました。

　お見舞いにむかうと、娘さんは結構お元気そうでした。

「約束を破ってごめんなさい」

　と涙ぐんで謝られましたが、秀男は娘さんが元気であることにほっとしたものです。

　お話しをしていると、他のお見舞いの方が見えたので「早く良くなって下さい」といってその日は立ち去りました。

　それから、一ヶ月が経ち落ち着いた頃、店で母親から娘さんの入院の理由を伺うことができました。

　すると「かなり重い病気で、ドナーを探さなくてはいけない」と言うのです。思いのほか状態は悪いようです。母親一人では不安のため、兄弟のいる金沢に連れて帰って治療するということでした。

「お世話になりました。また、落ち着いたら、お手紙を出します」

　そう話す母親に、秀男は「お大事にして下さい」ということしかできませんでした。

半年が過ぎた頃、母親からお便りが届きました。

「少しずつですが回復しています」

そう書かれた便りにすこし安心しましたが、秀男も多忙な学年の指導の時期と重なり、しばらく沙弥島には行けませんでした。

その後は互いに、音沙汰なしとなってしまいました。


それから随分と年を経て、少し時間にゆとりができた頃。

友人の誘いで十数年ぶりに沙弥島へカレイ釣りに出掛けました。

群青の海と空をみていると、娘さんと母親の事を思い出します。

神の島、と呼ばれる土地らしい、恋とも呼べないほどの淡くはかない物語です。

(八) 瀬戸大橋建設

明治元年から大正時代を経て、百年にあたるのが昭和四十年代。

この頃「明治は遠くなりにけり」という言葉が流行しました。もともとこの流行語は「降る雪や明治は遠くなりにけり」からきたもので、詠んだのは中村草田男です。

今では「昭和も遠くなりにけり」といいたい時代になりました。我々にとってはいささか淋しい気持ちですが、歳月の流れにはどうしても逆らえないのが現実です。

さて、そのような時代にあって、瀬戸大橋を巡る物語は、若い人にとっては気の遠くなる話かもしれませんが、その歴史を語るには明治時代まで遡る必要があるのです。

そこで、まずは明治初期に活躍した香川県の重要人物についてお話をしておきましょう。

一八七一（明治四）年「廃藩置県」の断行により、四国は高知県と愛媛県の二県だけになった頃がありました。

香川県が愛媛県に、徳島県は高知県に吸収されてしまったのです。この府県再編は現在の府県郡制になるまで、実は六回も行われています。

その間、多くの統合や分離が行われていますが、びっくりさせられたのは、一時期、多度津が倉敷県（現在の岡山県倉敷市）になっていたことです。

今の感覚からすれば不思議な統廃合が行われる中で、香川県の県議として活躍したのが大久保諶之丞《おおくぼじんのじょう》です。

大久保氏は一八四九（嘉永二）年十月二日、現在の香川県三豊市財田町の大地主であった大久保家の三男として生まれました。一八七二（明治五）年五月財田村史員、その後郡史員等を経て愛媛県会議員でしたが、廃藩置県の影響で香川県が愛媛県から分離されたことをきっかけに、香川県議会議員になりました。

彼は非常に大胆で、かつ大きな夢を持っていた人でした。

一八八九（明治二二）年、讃岐鉄道開通式での祝辞で、誰もが望みながらも、現実的ではないと思っていた瀬戸大橋の構想を披露しています。

その祝辞の内容は「塩飽諸島を橋台となし（中略）架橋連絡せしめば、常に風波の憂なく（中略）南米北向、東奔西走、瞬時費さず、それ国利民福これより大なるはなし」というものでした。

この構想を聞いた人の中には「大ぼらふき」という人もいました。当時の国内の技術を鑑みれば、夢物語に思えるものだったのでしょう。

しかし、一概に夢物語と断ずるのは間違いです。

この構想を提唱する二ケ月前、アメリカ興行から帰国した旅芸人の一行が、航海の安全参りのため金刀比羅宮を参拝し、石版画製でニューヨークのブルックリン橋が描かれた絵馬を奉納したことが関係しているのでは、といわれています。

ブルックリン橋はニューヨークの大河イースト川にかかる橋であり、今では観光客にも人気の高い観光スポットの一つです。全長が約一・八キロメートルもあるこの橋は、一八八三年に完成しています。それは、海外にはこうした巨大な橋をかける技術があるという証明でもありました。

大久保氏は、金刀比羅宮でこの絵馬を見たか、あるいは旅芸人一座の人物に会い、ブルックリン橋の建設の偉業を聞いたのではないでしょうか。

ただ、当時の日本は自動車が一台もない時代です。そのような時代にあって、瀬戸大橋を着想していた先見の明には驚きます。たいへんなパイオニア精神の持ち主ですね。

ほかにも大久保氏は、四国の新道（現在の国道三十二号、三十三号）や、徳島県との県境に聳える阿眼山脈をトンネルで貫き、吉野川の水を讃岐平野に導水する計画も提唱していました。

これが後の香川用水であり「笑わしゃんすな、百年先は財田の山から川船出して月の世界へ往来する」とはこの計画を提唱した際に大久保氏が作った都々逸《どどいつ》です。

ところで、大久保氏が父や祖先から受け継いだ財産は、ほとんどが工事金不足の穴埋めに使われ、そのために家族は三度の食事にも事欠いたといわれます。それほど世の中に貢献した人でした。

一八九一（明治二十四）年、議会の演説中に倒れ、十二月十四日、四十二才で亡くなりました。

本当に惜しい人を早くなくしたものですね。

この人ほど「豪傑」「破天荒」という言葉がピッタリな偉人はいないでしょう。

もし、もう少し長生きしていたならば、瀬戸大橋は早く架かっていたかも知れません。

こうした大久保さんの瀬戸大橋の着想から約百年後、瀬戸内海に本州と四国を結ぶ、瀬戸大橋がついに完成します。

その完成に至るまで、瀬戸内海では数々の悲劇が生まれていました。

秀男の父の出来事も、その一つといえるでしょう。

瀬戸大橋ができるまで、四国と本州をつないでいたのは連絡船であり、たびたび海難事故が起こっていました。

それでも、四国の人にとっては本州に渡る唯一の交通手段です。どれだけ事故リスクがあろうと、なくすことはできません。

そうした状況にあった一九五五（昭和三十）年、四国だけでなく、全国に衝撃と悲しみを与えた事故が起こります。

紫雲丸事故です。

濃霧の瀬戸内海で、出港後二十分も経たないうちに、宇高連絡船「紫雲丸」が貨物船と衝突。修学旅行中の小・中学生百人を含む、合計百六十八人が犠牲になりました。

犠牲者の多くは子どもであり、女の子。子ども達を助けようとして犠牲になってしまった教師もいます。

修学旅行は楽しいイベントのはずでした。それが残された遺族や、生き残った子ども達にとっても辛く苦しい出来事へと変貌してしまったのです。

この悲劇をきっかけに、四国全土で瀬戸大橋を望む機運が高まり、建設計画は加速。時の総理大臣田中角栄氏主導のもと、本州四国連絡公団が発足されました。

この夢の実現に、技術者として力を尽くした人物として忘れてはならないのが、杉田秀夫さんです。

実は秀男の勤務していた学校に、杉田秀夫さんのお兄さんが勤めておりました。互いに自転車通勤で同じ方向だったため、秀夫さんのことを色々お聞きしていました。

その方によると、杉田さんは丸亀市で育ち、丸亀高校卒業後、東大へ進学したそうです。

大学卒業後には国鉄で土木技術者として、工事や技術調査に関わり、紫雲丸事故が起こった当時は、大阪の鉄橋建設現場で働いていました。橋づくりの専門家として、杉田氏は全国各地の難工事を成功させ、その評判は国鉄の中でも高く評価されていたのです。

瀬戸大橋建設のために、本州四国連絡公団には、多くの優秀な人材が在籍していました。杉田氏は優れた技術や見識がかわれ、坂出工業事務所の初代所長として、設計や、現場までの仕事（関係者約五千人）を指揮することとなったのです。

しかし、瀬戸大橋を建設するうえでの難関な問題は、計り知れない程、山積していました。

それは、大きく二つに分けられます。

補償問題と技術問題です。

補償問題では、橋脚を作る堤所の土地の買収や、漁業関係者に対する補償といったものがありました。

その中でも、漁業において橋建設による生態系への影響を危惧する声が方々からあがっていました。

橋を建設するためには「ケーソン」という橋を支える巨大な柱を海底に設置しなければなりません。これを設置するには海底を掘り下げ、平らにする必要があります。そのために海底を爆破する必要がありました。

当然、爆破すれば魚礁も破壊され、魚たちの生育環境は大きく変化してしまいます。また、工事中は爆破やケーソン設置などによる大きな振動や、工事船の照明などにおいても悪影響が起こることが容易に想像できます。

さらに、瀬戸大橋をつくる海域は、本来潮の流れの変化がとても早く、地元の漁師でさえ難所と考えている場所でした。

「そんな所に橋を作ると、また、瀬の流れが変わってしまいますます漁ができなくなる……」

そう思った地元の人達からは不満が続出し、猛反発にあっていました。

その反対する住民をどう説得するかが、杉田氏の大仕事の一つだったのです。

杉田氏は住民との話し合いを何度も繰り返し行いました。漁師たちを説得するのは容易なことではありません。生活がかかっているのですから。

そこで杉田氏がすごかったのは、その場しのぎの説明は一切せず、常に誠実に対応し続けたことでした。

その努力が実を結んだのでしょう。

五百回以上の説明を経て、何とか納得してもらうことができました。

しかし、まだ技術的な問題が、残っていました。

ケーソンをいかに上手く設置するか、です。

瀬戸大橋の海上を渡る部分は九三六八メートルです。その間、橋脚と橋脚の間が長い所で百十メートルあります。ケーソンは大小合わせて、十一基必要で、特に一番大きなケーソンが問題になりました。

この海域の最も深い所は水深五十メートルあり、さらに季節に寄っては一メートル先が見えなくなることがあります。海中での調査や工事は、まさに暗中模索状態で行わなければなりませんでした。

海は水深が深くなればなる程、水圧も高くなり、視界が悪くなります。こうした悪条件のもとでは、直接人間が海に潜って、現場を見て確かめる以外に方法はありませんでした。

しかし、水深五十メートルの所へ潜るには、強い体力と高い潜水技術が要求されます。

それでは、いったい誰が潜るのか。

杉田氏は迷うことなく、工事の責任者である自分が率先して潜ろうと決心しました。

そのとき杉田さんはすでに五十才を超えており、体力的に潜水に絶えられるかどうか周囲は心配だったそうです。

そこで、体力を付けるために利用したのが自転車です。

当時、彼は家族と共に丸亀市に住んでおり、そこから坂出の番の州の土木事務所まで自転車通勤することにしました。その距離、なんと片道十二キロメートルです。

仕事が早く終わる時は良いですが、仕事の都合で遅くなる時は大変でした。

周りの人の中には「どうして、そんな厳しい肉体労働を最高責任者がするのか。若手にまかせばいいんじゃないか」という人もいました。

しかし、そのケーソンの海底設置に許容される誤差は五十センチメートル以内でした。五十メートルの深さという海中環境だけでもたいへんなのに、さらに限られた範囲への正確な設置ができなければ、建設を成功させることはできません。工事の命運がかかる重要な場面を、潜水士だけに任せるわけにはいかない、というのが杉田氏の考えでした。

そこで、当時瀬戸内海で一番の潜水の技術を持っていた人物に、四、五人の現場職員とともに潜水技術の訓練を受け、水深五十メートルまで潜れる資格を取りました。その後、三ケ月半に述べ三百回、時間にして四百時間あまり潜水の現場指揮を取ったのです。

こうして、工事着工から数々の苦労を経て九年六ケ月を費やした昭和六十三年三月、瀬戸大橋は見事完成しました。

その年の三月二十日から八月三十一日まで、岡山県倉敷市の児島と香川県坂出市の沙弥島の二箇所で瀬戸大橋博覧会が盛大に行われました。

それから五年後「大橋を架けた男」と呼ばれながら、杉田秀夫さんは、六十二才で短すぎる生涯を閉じたのだそうです。

(九) ハワイ旅行

秀男は丸亀での高校の教員生活を三十七年間全うして退職に至ります。

その退職祝いと姪の結婚式を兼ね、姪夫婦と親戚合わせて十人で、十一月の末にハワイに旅行に行くことになりました。

しかし、秀男には一抹の不安がありました。

秀男は飛行機が大の苦手だったのです。国内移動は遠くても新幹線を利用していましたが、さすがにハワイには飛行機しか手段がありません。

それで腹が決まりました。やむをえず、高松空港から羽田空港までも飛行機で行きました。

機内はかなり空いていました。富士山が見える時には、乗客が片方に移動したために飛行機が傾きかけ、客室乗務員から「みなさん、ご自身の座席に戻って下さい」と注意されるというちょっとしたハプニングもありました。そうしたこともありながら、一時間後に羽田空港に到着し、成田空港まではバスで向かいました。

平成九年前までは羽田空港から成田空港までは東京湾を九十分ほどかけて遠回りしていました。しかし東京湾を横断する「東京湾アクアライン」が出来てからは三十分に短縮され、とても便利になっていました。

成田空港に到着すると、空港内に一匹の可愛い小型犬がうろついておりました。そこで、姪が何も分からず小型犬に「おいで、おいで」と合図してしまいました。それを見た母親は、あわてて姪に「触っては駄目ですよ。近づいて来たら大変。これは麻薬探知犬で、大切な役割があるのです」と小声で話していました。

待合室で待っていると、客室乗員がやって来て「本日は乗客が少ないですし、新婚旅行なので」といってエコノミークラスから一段上のビジネスクラスに変更してくれました。

出発時間が夜の九時で遅かったことも幸いしたものと思いましたが、日本を夜半に出発して、朝ハワイに着くのが一般的なようで、その日はたまたま乗客が少なかったようです。

姪はラッキーだと大喜びでした。その粋なホスピタリティに感動です。

搭乗してみると、航空機の客室乗務員は全員男性で、背の高い外国人でした。

日本では客室乗務員はすべて女性で、美人なイメージを持っていたため、秀男はとても驚きました。しかし、外国ではこれが普通のようです。

以前から「スチュワーデス」という言葉がいつからか「客室乗務員」に変更されたことを秀男は疑問に思っていました。「スチュワーデス」が性差別用語になると国際的に問題視され、呼び方が変わったというのは後から知ったことです。

さて、飛行機は成田を出発してから、約七時間後の早朝にハワイのホノルル空港に到着。飛行機から眺める日の出は物凄くきれいでしたが、真珠湾攻撃の映像を見たことがあった秀男は同時に複雑な気持ちにもなったものです。

秀男は成田までの道のりですでに疲れていたため、ハワイまでは爆睡状態でした。ホノルルに到着したあと、「搭乗中は静かでしたね」と言うと、他の人から「途中でエアポケットに入って、大変ゆれて恐かったですよ」と笑われてしまいました。

現地では、姪夫婦はワイキキビーチ近くのホテルに、他の八人は別のホテルに宿泊しました。翌日にはマイビーチのあるホテルで無事、結婚式を上げることができ、幸せいっぱいの素敵な一日を過ごしました。

そうして、新婚夫婦の二人は別行動に移り、ハワイの別の島に軽飛行機で移動。残り八人は島の有名な観光地巡りをしました。

ハワイの観光スポットは数多くありますが、その中でも印象的なのが「ハナウマ湾」と「ダイヤモンドヘッド」です。

「ハナウマ湾」すなわちハナウマベイは、ワイキキの約十キロメートル東に位置する眺望が素晴らしい湾で、ハワイ旅行者に人気の観光スポットです。

火山の噴火によって出来たものらしく、透明度が高く、珊瑚礁が広がっており、ハワイを代表するビーチとして知られています。秀男たちもそこで半日間海水浴をして過ごしました。

十一月末でしたが、ハワイでは気温三十度を越える日もあり、流石、常夏の国です。さらに湿度が低いために、日本のような蒸し暑さは感じられず、快適な日々が続きました。

三日目に訪れたのは、ワイキキから車で東へ約十分の場所にある、ダイヤモンドヘッド州立自然記念公園です。

ダイヤモンドヘッドは高さ二三二メートルで、登山することができます。

この山を見ていると、香川県の本島にある正覚院のある山に形も高さもよく似ているように感じて、秀男は香川が懐かしくなりました。

「この高さであればたいしたことはないだろう」と秀男は挑戦しましたが、実際はみかけ以上に大変でした。

山の麓についた頃、秀男は飲み物を持って来ていないことに気づきました。それでも、途中で売店があるだろうと楽観的に考えていましたが、なんと一軒も見当たりません。

喉の乾きを感じつつ、少し進むと水道らしいものを見つけ、その傍には七十代の男女二人の外国人が座っておりました。

そこで、片言の英語と手振り、身振りで「この水飲めますか」と尋ねましたが、意味が伝わらなかったのか、ただ笑っているだけで反応がまったくありません。

もしかしたら、米国人ではなく、他の国の方だったのかもしれません。

正体不明の水を飲むわけにはいかず、喉が乾いたまま、暑い坂道を上っていると、幸運なことに、東京から来たという三人の日本人女性に出会いました。

少し話をすると、こちらが喉が乾いているのに気付き、お茶を分けてくれました。思いがけない幸運に、とても助かりました。

この旅行中に驚いたことの一つが、何処へ行っても日本人が多いことです。特に丸亀からの旅行集団に出会ったことにはびっくりしました。

そのお陰でこうして助けられることもあり、初めての外国旅行がハワイで良かったと心底思ったものです。

頂上に辿り着くと、下方にはホノルルの町やワイキキの浜がとてもきれいに見えていました。ホテルの人によれば、夜景はもっときれいなのだそうです。

ダイヤモンドヘッドの頂上では「登頂合格の証明書」がもらえます。それをいただいて、下山を開始し始めました。

もう少しで下山できるという地点で、きれいに晴れていた空がいっきに真っ黒になり、ハワイ独特のスコールになってしまいました。

全員が急いで車に飛び乗り、何とかびしょ濡れを避けられました。

激しい雨は三十分ほどでやみ、きれいな青空に虹がかかっているのが見えました。聞いた話によると、普段からこうした天気であり、日本の四季と違って、一年間には雨季と乾季に分かれているそうです。

こうして楽しい時間を過ごした秀男たちは、四日目に帰国の途に着きました。

その途中、思わぬトラブルが発生しました。それは空港で飛行機に搭乗するために一列に並んで待っていた時のことです。

秀男が並んでいる途中でトイレに行きたくなり、一緒にいた人に言付けてトイレに行きました。

五分程してトイレから帰ってきた秀男が元の列に戻ろうとした時、横から何人かの凄い怒鳴り声が聞こえてきたのです。

声をあげたのは外国人で、英語は何をいっているのか聴き取れませんでした。しかし、その場の状況とそのジェスチャーから判断すると、「割り込みをするな」ということのようでした。

その様子に「このまま列に戻るのはまずいのだろう」と判断、全員最後部に移動しました。びっくりしたのは、年老いた女性達も真っ赤な顔をして、怒っていた事です。

よくよく考えれば、国民性の違いを理解していなかったからこその出来事でしょう。国が異なれば色々な問題が生じることを秀男は痛感しました。今度は前もって、よく下調べをして、失敗しないような旅行にしたいものです。

口屋内大橋から見る四万十川

口屋内大橋

（十）故郷に帰る

「南国西土佐を後にして、都に来てから幾年ぞ、思い出します故郷の四万十川を……」と口遊みたくなる年数になっておりました。

退職後、秀男は温暖な瀬戸内に永住する予定でした。ですが、あたかも北海道のサケのように、生まれ故郷が捨て切れず、半世紀振りに四万十市に帰ることにしました。

久し振りに帰ると、すべてが一変しておりました。

昔は秀男の生まれた口屋内から中村までは三時間に一度、小さな県交通バスが走っているだけでした。口屋内には小さな診療所しかなく、大きな病気や大切な用事はすべて中村までバスで通わなくてはならなかったのです。

そのバスの通っていた道路は、四万十川沿いにぐにゃぐにゃと蛇のように曲がりくねっており、途中には高い峠もありました。

秀男はこのバスに乗ることが大嫌いでした。バスが走るたびに物凄く揺れて、バス酔いがひどく、食べた物をすべてもどしてしまうほどだったからです。

しかし、帰郷すると狭い道路は広く舗装され、高い峠はトンネルに様変わりしていました。バス酔いもなくなり、とても快適になっていたのです。

また、台風や大雨になると不通になる沈下橋の近くには大きな鉄橋が架かり、とても安全になっておりました。

口屋内大橋（赤鉄橋）の上から四万十川を眺めれば「ゆく河の流れは絶えずして、しかももとの水にあらず。よどみに浮かぶうたかたは、かつ消えかつ結びて、久しくとどまることなし…」と流暢な書き出しで始まる鴨長明の「方丈記」を思い出しました。

長明は「方丈記」で無常観について述べています。無常観とは、世の中のすべてのものは常に移り変わり、いつまでも同じものはないという思想のことです。

これは様変わりした故郷を前に、秀男が抱いた心境でもあります。

鉄橋の川上には「天皇」という場所や、昔学んだ小中学校が見えます。小中学校は生徒数が減少したために閉校し、少し離れた大きな学校に統合して、スクールバスで送り迎えを実施しているとのことでした。

学校の校庭には秀男達が何かの記念に植えた「メタセコイア」の大木が聳えています。

増水時に見える“ひょっこり瓢箪島”

普段の川原の様子

川下の四万十川のど真中には、甲子園球場の何倍もある大きな川原が広がっておりました。

川が増水した時は川原が小さくなり、あの「ひょっこり瓢箪《ひょうたん》島」を連想させる島が出来て、とてもきれいでした。

その島の周りにはたくさんの魚が住み着いています。増水時は急流で危険ですが、舟を出してたくさんの魚を捕獲していた人で昔は賑わっていたものです。

そして、川原の両側は川が二つに分断された流れが出来ておりました。川下に向って左側の流れは川幅が広く勢いがあったため、子ども達が泳ぐには、大変危険な場所でした。

しかし右側の流れは、当時は緩やかで、川幅も狭く池のように流れが淀んだ場所もありました。鮎をはじめとしてたくさんの種類の魚がいて、子ども達の絶好の遊び場だったのです。

夏休みになると、友達と昼から夕方まで川に浸かり、泳いだり、魚を捕ったりして、寒くなるといつも川原で体を甲羅干ししながら

「今から五十年後は僕達はどうなっているだろうか」と話し合ったものです。今ではそんな友人の何人かは、すでに天国に旅立っており、本当に残念であります。

この川原の中央に、一本の柳の木が生えておりました。

ものすごく目立ちます。それゆえ、その柳は秀男の日常生活には欠かせない役割を果たしておりました。

秀男の小学校には、ある決まりがありました。大雨で沈下橋が見えなくなるほど水嵩が増えて、川向かいの野加辺地区の生徒が渡河できなくなった場合は休校、という決まりです。

沈下橋は秀男の家からはまったく見えない所にありましたが、秀男たちは沈下橋が沈むのは、その柳の木の根元まで水が来る時と同じ高さである事に気付いたのです。そこで、小高瀬地区の子どもたちは、一本の柳の木を頼りにし、水嵩が増えるとその柳を眺めて「今日は学校が休校になるか、ならないか」と騒いでいました。

現在では川の流れが変わったために、思い出の池の形が変形しており、少し寂しさも残りました。

秀男は、半世紀振りにその池のような場所が恋しくなりました。

そこに出るには、茂った竹藪を通り抜けなくてはなりません。その竹藪の中を少し行った所で、池の方からガヤガヤと子ども達のはしゃぐ声が聞こえて来ました。

今も子ども達が遊んでいるのかと池の方向に行ってみましたが、どういうわけか、誰もいません。どうしたのかなあと思い直して、もう一度竹藪の中に戻ってみましたが、何も聞こえませんでした。

もしかしたら、四万十川が半世紀ぶりに帰った秀男に対して昔の思い出を喚起してくれたのかも知れませんね。


広い川原は母親の病死の連絡を聞き、姉と泣き崩れた、秀男にとっては悲しい思い出もある場所です。

鉄橋の上から、四万十川をじっと眺めていると、そんな思い出が脳裏に駆け巡ります。川のせせらぎを聞いていれば「随分帰って来なかったけれども、お元気でしたか。よく頑張ったね」と四万十川がねぎらってくれたような気がしました。

秀男も「有難う、遅くなってごめんね」と言い返したものでした。

もしかしたら、四万十川は秀男のことをずっと心配して見ていてくれたのかも知れませんね。

そう思うと、目頭が熱くなり、あったかいものが川面に落ちていました。

故郷に帰った秀男にとって一番嬉しいのは、兄、姉が年老いても健在である事でした。

四万十川周辺の過疎化が進み、人口も減って来ておりますが、その反面、色々な移住者も増えて来ています。中には他県から「妻の身体が弱いので、きれいな空気の所に住ましてやりたい」と思いやりのある移住者もいます。「四万十川が好きだから移住してみたい」とか、色々な方が結構いるようです。

また、四万十川周辺ではカヌー教室や百キロマラソン、きれいな遊覧船等があり、年間百万人近い観光客が訪れているそうです。

神様が与えてくれたこの「四万十川の碧」を永遠に保存していって欲しいものです。

四万十川観光スポット

四万十川には、たくさん支流がありますが、その中には皆さんに知られていない、隠れ観光スポットがあります。

その一つ目が、四万十川の支流である黒尊川です。

黒尊渓谷はブナやクマササの原生林を有しており、春は桜、夏は岩清水で涼を取り、秋は渓谷の紅葉を楽しめます。さらに、八面山、三本杭をたどる遊歩道は三時間ほど散歩できるようになっています。

この紅葉は高知県でも、屈指のきれいなスポットで、十一月上旬からが見頃です。

また、黒尊には、カエデ、ブナ、ナナカマドといった木々が自生する景勝地でもあります。

水質がよく、透明度の高い黒尊渓谷は平成の名水百選に選定されています。

一年中平均気温が低いのを利用して、アメゴ（アマゴ）の養殖が盛んで、美味しい料理を食べられ、釣りの好きな人は釣り堀で何時間でも楽しめます。

そして二つ目は、滑床《なめとこ》渓谷です。

黒尊川のもう少し上にある、目黒川の上流にあります。

ここは川の侵食によって洗い清められた、花崗岩（御影石）の滑らかな河床が特徴的な場所です。千畳敷や出合滑と呼ばれる広大な岩肌を清流が止めどなく流れる美しい光景を見る事ができます。

また、巨大な一枚岩の斜面を優美に滑り落ちる「雪輪の滝」は滑床渓谷の象徴であり「日本の滝百選」にも指定されております。

ここも渓谷にそって約十二キロメートルの遊歩道が整備されており、新緑や紅葉の頃は大自然の中、散歩を楽しむために多くの人で賑わいを見せています。

近くには多くのキャンプ場もあり、キャンプを楽しむことができます。

参考文献

野本寛一（一九九九年）『人と自然と 四万十川民俗誌』雄山閣出版株式会社
高知県立歴史民俗資料館編（一九九七年）『四万十川－漁の民俗誌－』高知県立歴史民俗資料館
永澤正好（二〇〇六年）『四万十川 Ⅱ 川行き 田辺竹治翁聞書』財団法人法政大学出版局
武内孝善（二〇〇八年）『弘法大師 伝承と史実－絵伝を読み解く』株式会社朱鷺書房
ＮＨＫ「プロジェクトＸ」制作班編（二〇〇一年）『プロジェクトＸ 挑戦者たち 7 未来への総力戦』日本放送協会

■著者プロフィール
石山　武一（いしやま・たけいち）
高知県四万十市出身。東京理科大学理学部卒業。
大学卒業後は高校数学教諭として三十七年間教鞭を執った。

あいきり
元高校教諭による四万十川の環境生態学

〈検印省略〉

2021年12月28日　初版発行
著　者――石山　武一
発行者――高木　伸浩
発行所――ライティング株式会社
〒603-8313 京都府京都市北区紫野下柏野町22-29
TEL：075-467-8500　FAX：075-468-6622
発売元――株式会社星雲社（共同出版社・流通責任出版社）
〒112-0005 東京都文京区水道1-3-30
TEL：03-3868-3275
本文挿絵：neg

ISBN978-4-434-29938-4　C0039　¥1000E